大富豪同心

大統領の密書

幡大介

双葉文庫

目次

大統領の密書

大富豪同心

第一章　うつろ舟の行方

一

三国屋《みくにや》の奥座敷で主人の徳右衛門《とくえもん》が算盤《そろばん》を弾いている。山積みになった帳簿を次々と捲《めく》って、記載された数字を確認した。

「また出たよ。この商取引は実在しない。商いがあったかのように装っているだけだ。使われなかった金は別のところに移されたんだ」

パタンと閉じた帳簿の表には『島津家御用取引《しまづけごようとりひき》』の文字が書かれてあった。

徳右衛門は島津家の金の動きを探っていたのだ。

「島津様は何万両もの大金を闇帳簿に移しなさっている。本当は、何にお使いなさるおつもりなのか……」

徳右衛門は手を休めて目を揉《も》んだ。

卯之吉《うのきち》が喜寿《きじゅ》の祝いとして買ってくれたテーブルと椅子を使っている。膝と腰が悪くなってきたので椅子に座るほうが楽だ。

徳右衛門は椅子の手すりを撫《な》でた。

「……蘭癖《らんぺき》のお人の気持ちがわかるようになってきたねぇ。唐物《からもの》は贅沢《ぜいたく》だとばかり思っていたが、あればあったで便利だよ」

美鈴《みすず》が茶托《ちゃたく》を掲げて入ってきた。

「粗茶でございます」

「ああ、ありがたいねぇ。ちょうど一休みしようと思っていたところさ」

徳右衛門は茶碗を手に取る。

「菊野《きくの》はいないのかい」

美鈴はハッと胸を突かれた顔つきとなる。

「深川《ふかがわ》に行かれました……」

「そうかい」

徳右衛門は茶を啜《すす》った。美鈴は恐る恐る訊《き》いた。

「あたしが淹《い》れたお茶では不味《まず》いですか」

茶は、淹れ方によって風味や味を引き出す。美鈴は極めつきの不器用だ。自覚があるので徳右衛門の評価が恐ろしい。

徳右衛門は美鈴の内心を察した。そして笑った。

「三国屋の大旦那は江戸一番のケチん坊だからね。三国屋で出される茶は安物だ。誰が淹れたって不味い茶になるよ」

「ですが、大旦那様は今、菊野さんをお呼びになろうとなさいました」

「菊野は算盤が達者だからね。あんたは算盤ができるのかね」

「苦手です」

美鈴はますます身を縮めた。

「あたしは料理も掃除も算盤も帳合《ちょうあい》も、なにもかも苦手な女なんです」

徳右衛門は笑みを浮かべて見守っている。

「菊野から聞いたよ。剣術で卯之吉の身を守ってくれていたんだってねぇ。卯之吉は人様に礼を言う男じゃないから、あたしから礼を言うよ」

美鈴に向かって、江戸一番の傲岸不遜《ごうがんふそん》な大商人が頭を下げた。

「この通りだ。ありがとう」

「大旦那様！」

「卯之吉を同心様にしたのはあたしだ。思えばあたしの身勝手だった。同心様は悪党と渡り合うのが仕事。いつ斬られても不思議じゃあない。卯之吉が今日まで無事だったのはあんたのお陰だよ」

「あたしは、ただ、卯之吉様のおそばにいたい一心で……」

徳右衛門は「うん」と頷《うなず》いた。

「卯之吉のことを、いつまでも、見捨てないでおくれ。頼んだよ」

美鈴は「はい」と小さな声で答えた。

手代《てだい》の喜七《きしち》がやってきた。濡れ縁で正座する。

「宍戸屋《ししどや》の大旦那様がご来店にございます」

「お通しなさい」

美鈴も下がる。徳右衛門の茶碗も下げるのを忘れなかった。ちょっと前までは茶碗を置いて自分だけ下がったものだが。

宍戸屋の大旦那が入ってきた。宍戸屋は豪商で、島津家の御用を承ることが多い。五十歳ほどの平凡な風貌の男だった。

挨拶《あいさつ》もそこそこに、テーブルの向かい側に座ってまくし立ててきた。

「三国屋さん、あなたの仰《おつしや》った通りだ。島津様のご様子がおかしい」

自分の店から持ってきた帳簿を広げる。

「薩摩《さつま》で御用材のご用命があったことになっていますが、商談を請《う》けた商人がみつからないんですよ」

「十万両もの見積もりを立てた大工事が、実際には行われていないと？」

「まったくおかしな話です。そこであたしは手代を送って調べようとしました」

「島津様のご領内にですか」

「はい。そうしたら──」

宍戸屋は額に冷や汗をブワッと滲《にじ》ませた。

「手代が投獄されてしまいました。領内を嗅《か》ぎ回る様が怪しい、隠密《おんみつ》に相違ないとねぇ、島津のお役人様から決めつけられまして……」

「それはまた乱暴な」

「まったくですよ。ご領内の様子を確かめずに御用商人が務まりましょうか。何も調べてはならぬ──と言われては、御用を承ることもできません！」

宍戸屋の言うとおりだ。徳右衛門も考え込んでしまう。

「島津様はいったい、何を隠そうとなさっておいでなのでしょうな」

宍戸屋がテーブル越しに身を乗り出してくる。

「琉球《りゅうきゅう》に異国の船が来航している、という話は御承知ですか」

「そのようですな。ご公儀も警戒なさっておいでです」

三国屋は甘利備前守《あまりびぜんのかみ》の御用商人だ。幕府の機密も筒抜けに伝わる。

宍戸屋は声をひそめる。

「島津様が金を集めだしたのは、ちょうど一年前、異国の船が来航した頃からなのです。手前はねぇ、島津様が異国の船団から買いつけをなさっておいでなのではないかと、そう推察しているのですよ。これはただの当て推量《ずいりょう》です。外れてくれれば良いと思っているんですがね、どうにも不安でたまらない」

「何十万両もの大金で仕入れる抜け荷ですかね？　島津様のご家中は、そんな危うい橋を好んで渡るご家風なのですか」

「ご当主様は真面目なご気性なんですけどねぇ……。ご隠居の道船《どうはく》様なら、やりかねない。薩摩国は遠いですからねぇ。ご公儀の目も届きにくい」

「隠密狩りまで行われているようですからな。ますます闇の中でしょう」

「三国屋さん、これは大変なことですよ。何十万両もの小判が異国船に持ち去られたらどうなります？　日本の小判が足りなくなる！　商いが儘《まま》ならなくなってしまいますよ！」

貨幣不足で経済活動に制限がかかってしまう。

三国屋徳右衛門も険しい顔で頷いた。

これでは外国が豊かになるだけだ。失われた何十万両のぶんだけ日本が貧しくなってしまう。

日本にも外国に輸出できる商品があれば良い。しかし江戸時代の日本には外貨を取り戻すだけの産業と工業の力がない。

だからこそ幕府は鎖国を行っている。国民保護の政策なのだ。

徳右衛門は決意した。

「島津様の企《くわだ》ては潰さねばなりません。これはあたしたち商人の戦《いくさ》ですよ！」

宍戸屋にも異論はない。

「三国屋さんはこの一件、ご老中様方のお耳にお届けいただきたい。手前は島津様と取引のある商人に報《しら》せて回ります」

「心得ましたよ」

宍戸屋は急ぎ足で帰っていった。徳右衛門は帳簿を広げて不正の証拠をさらに集めていく。老中の耳に入れるには確たる証拠が必要だ。

＊

鹿児島《かごしま》湾内の離れ小島。道船の隠居所にアメリカのヨットが停泊していた。屋敷の広間のテーブルには山海の珍味が並べられていた。これらの食材を買い集めるだけで貧しい藩士の年収を超える。

しかしトマス提督《ていとく》は不機嫌に手を振って料理を下げさせた。

「いったいいつまで待たせる気か！　いつになったら金を用意するのか！」

語気を荒らげてまくし立てた。もちろんアメリカ英語だ。

清国人の通詞《つうじ》による通訳を待つまでもなく、道船はトマスの苛立《いらだ》ちを理解した。同じ悩みを共有していたからだ。

あてにしていた金が江戸から届かない。

三国屋から借りた十万両は大坂の両替商組合によって振り出しが止められてしまった。三国屋が手を回して回収を図っているようだ。

幕府に借用しようとした十万両は御用取次役《ごようとりつぎやく》によって差し戻された。すなわち幕府は金を貸さない、ということだ。

トマスは顔を真っ赤にしている。白い肌なので顔色の変化がはっきり読み取れた。通詞が早口で言う。

「船団は海に浮かべておくだけでも毎日大金が費やされます。船員への食事。波と潮に晒《さら》されて船が傷めば修繕にも金がかかります。島津様が商談を長引かせるほどに、メリケン船団は損害が膨らんでしまう……と、トマス大将は仰《おお》せにございます」

トマスがまくし立てるので通訳も忙しい。

道船は黙って聞いているしかない。トマスは続ける。

「あなたが江戸《えど》の大君《タイクーン》と我々との商取引を妨げるというのであれば……」

トマスは道船を睨《にら》みつけた。

「我らは直接江戸に赴《おもむ》いて、大君と直《じか》に商談を進める！」

「なんじゃと？」

道船は慌てた。

「島津家が買うはずだった鉄砲を江戸に持ち込むと申すか」

「イエス。大君に商品を見てもらう。江戸は人口百万人のマーケットだ。我らは江戸に商館を建てる！」

「待たれよ！　幕府は異国人とは取引をしないのだ。異国との取引ができるのは琉球と長崎《ながさき》、蝦夷地《えぞち》のみ。そして琉球を介した取引は、我々島津家の差配を受けてもらわねばならぬ！」

すると通詞を介して、

「そのような古いしきたりは我々が打破してみせる！」

という言葉が返ってきた。

「我々アメリカ人にはフロンティア・スピリットがある！　道は自分たちで切り拓《ひら》く！　もう、あなたの力は借りない！」

トマスは鼻息も荒く出ていった。通詞と護衛の兵たちもそれに続いた。

道船だけが取り残される。険しい面相で黙り込んだ。

そこへ側近が近づいてきた。

「いかがいたしましょう。トマスが江戸に赴き、公儀と直談判したならば……」

「わしが武器を買い集めんとしていたことが、露顕いたすであろうな」

「トマスを生きて帰してはなりませぬ。拙者が手勢《てぜい》を率いて討ち取りまする！」

「待て！　ここでトマスを殺せば島津とメリケン国との戦になろうぞ。無念ではあるが、ただ今の島津ではメリケン国には勝てぬ」

「されど、指を咥《くわ》えて見ているわけにも……」

「策はある。そのほうに問う。島津の早船は、メリケン船団よりも先に江戸に着くことができようか」

「メリケンの巨船は大量の荷を積んでおりますゆえ、船足は遅いはず。しかも日本の近海の海流にも通じておりませぬ。我らの船が、三日は早く着きましょう」

「ならば早船を差し向けて江戸内海《うちうみ》の前で待ち構えよ」

江戸内海とは東京湾のことである。

「内海に入らせてはならぬのだ」

「心得ました」

「江戸屋敷の高隅外記《たかすみげき》にも書状を送る。万事、わしの書状に書かれた通りに計らえ、と伝えるが良い」

「心得ました」

道船は硯箱《すずりばこ》を持ってこさせると筆を手にして書状をしたため始めた。

＊

高隅外記は江戸の島津家上屋敷にいる。深夜の上屋敷は静まり返っていた。起きて仕事をしているのは宿直の番士を除けば高隅一人だけだ。暗い座敷に行灯《あんどん》をつけて抜け荷の帳簿を記していた。

高隅は筆を止めると顔を上げた。濡れ縁を誰かがやってくる。高隅の座敷の前で足を止め、障子を閉めたまま言上《ごんじょう》してきた。

「鹿児島の道船様より、ご書状がただいま到着いたしました」

「この夜更けにか」

「神奈川の港までは早船で、そこからは飛脚が走りましてございます」

「よほどの急ぎとみえる」

高隅は立ち上がり、歩み寄って障子を開けた。細い隙間から書状が差し込まれてくる。高隅は受け取って行灯の近くに戻った。封を切って読み始めた。

「これは一大事じゃ」

一瞬、思案を巡らせたあとで、障子の外の者に声を掛ける。

「異人の武芸者どもを、急ぎこれに呼べ」

障子の外から「ハハッ」と返事があった。

二

半左《はんざ》は岬の崖をよじ登っていく。海に突き出した岩場の上だ。目の前に大海原《おおうなばら》が広がっていた。

真っ黒な小舟が砂浜に打ち上げられていた。

(あっ、あれだ！)

日本の舟ではない。琉球や清国《しんこく》の舟でもない。半左は観察を続ける。

(もっと近くで見てえなぁ！　あの船材はどうやって組まれてるんだろう？)

居ても立ってもいられない。たとえ捕らえられ、死罪になろうとも悔いはない。うつろ舟をきちんと調べておかなかったら、死ぬまで後悔することになるだろう。

(こうなったら、真っ向からぶつかっていくしかねぇ！)

若者特有の無鉄砲だ。半左は崖を下って砂浜に降り立った。

うつろ舟の周りには二人の武士が見張りについていた。笠をかぶり、手には槍《やり》を持っている。

普通の見張りなら六尺(約一八二センチメートル)の木の棒を持っているはずだ。槍を手にしている、ということは、『怪しい者が近づいてきたら殺しても良い』と上から命じられている、ということを意味していた。

半左を見つけて武士二人は槍を構えた。槍先がギラリと光る。

「何者だッ。ここに近づいてはならぬッ」

半左は両手を振って、武器を持っていないことを示した。

「オイラは島津家に仕《つか》える船大工だ！　異国の舟が流れ着いたと聞いて見物に来たんだ」

「島津様だと？　そのほうが島津様のご家中だという証《あかし》があるのか」

「これを見ていただきてぇ」

半左は荷物入れから道中《どうちゅう》手形を取り出した。油紙に包んであったそれを広げて差し出す。高隅外記が授けてくれた物だ。

道中手形にはその人物の出身地や仕事、他国に旅に出ている理由などが書かれてある。

見張りは受け取って読んだ。

「なるほど、身許は確かなようだが……」

手形を返しながら睨みつける。

「この舟には誰も近づけてはならぬ――というお達しが出ている。島津様のご家中だとて例外はない。立ち去りませぃ！」

こういう時はとっておきの手を使うに限る。半左は、卯之吉からもらった小判を取り出して、見張りの一人の手に握らせた。

見張りの二人は顔を見合わせた。目と目で互いの意志を確認したあとで、小判を握らされた男が半左に言った。

「我らはこれより昼食《ちゅうじき》を取ってまいる。我らが戻るまで、そこもとがこの舟を見張っていてくださらぬか」

「わ、わかった……」

見張りの二人は立ち去っていく。戻るまで好きなように見るがいい、と、融通を利かせてくれたのだ。諸事物価高騰で武士はどんどん困窮していく。賄賂《わいろ》の効き目は増すばかりだ。

「さぁて、急ぐぞ」

半左は外側から見て回った。帳面を出して矢立《やたて》の筆を走らせた。矢立とは携帯用の筆箱で、墨壺も入っている。

それから舟によじ登る。

「すげぇや。窓にギヤマンの板がきっちりと嵌《は》められているぞ。目張りをしているのはゴムだな」

ゴムは南の島々で産出される。半左も見たことがあった。

「これなら高波をかぶっても舟ン中に水が流れ込む心配もいらねぇや」

窓越しに中を覗《のぞ》き込む。ガラス窓から陽が差し込んでいる。船室がよく見えた。寝台に白い大きな布が被せてある。瓦版に書かれていた女人はここで寝泊まりしていたのであろうか。

半左はハッチを開けた。そして船内に入り込んだ。

普通の若い男なら女人が寝ていた寝台に気を取られるであろうが、半左は舟の仕組みにしか関心がない。

「こいつは舵輪《だりん》だな。舟の中から舵《かじ》を操ることができるのか。おっと、これは海図だぞ」

欲が湧いてくる。窃盗は良くないことと知りながら自分の荷物入れに物を詰め込み始めた。

「このままにしておいたら壊されて燃やされちまうんだ。難破船の船材は猟師の家の柱や梁《はり》にされちまう。細かい木材は竈《かまど》の焚《た》きつけになるんだ」

難破した船の再利用はこの時代、どこでも見られた風習だった。

値打ちのわからぬ者たちの手で壊されて燃やされる前に、値打ちを知る者が確保せねばならない。半左は自分にそう言い聞かせて窃盗を正当化した。

「これは、なんだろう」

寝台の下に金の鎖が落ちている。

「〝ぺんだんと〟ってぇやつだな。江戸でも人気の唐物だぜ」

鎖の真ん中には金で縁取りされた玉が下げられていた。蓋《ふた》がついている。開く構造になっているらしい。

蓋を開けると音楽が流れ始めた。半左はびっくりした。

「〝おるごーれ〟か！　こんなちいさな玉の中に、おるごーれが入ってやがる」

異国の進んだ技術には、いちいち驚愕《きようがく》させられる。

ペンダントの中には婦人が書かれた小さな絵が入っていた。

「母親かな？　異人は肌身離さず似顔絵を首から下げているのか」

持ち主にとっては大切な品だろう。半左は荷物入れにペンダントを押し込んだ。

三

うつろ舟漂着の報せは五日も経ずして京の朝廷に伝わった。

ちなみに江戸時代は日本でも帆船の高速化が進んでいる。新綿番船《しんめんばんせん》のレースでは大坂《おおさか》から江戸まで二日で達したという記録が残っているほどだ。

京の公家《くげ》たちは御所の周辺に宅地を拝領して暮らしている。公家社会の頂点に立つのは摂関家《せっかんけ》の五家。次が清華家《せいがけ》の九家で、続いて大臣家《だいじんけ》の四家。〝お公家さん〟と聞いて連想するのは、これらの家の人々であろう。

その下に羽林家《うりんけ》、名家《めいか》、半家《はんけ》の合計百二十家が連なる。このあたりが官僚に相当する。御所への昇殿も許される。中級公家といったところか。

さらにその下に地下官家《じげかんけ》の四七四家があった。こちらは公務員だ。下級公家である。昇殿することは許されなかった。

これが朝廷という行政機関の構成であった。

当時の公家の暮らしは相当に厳しい。江戸と同じで京都でも、金を持っているのは商人ばかりだ。

下級の公家たちは〝公家長屋〟と呼ばれる長屋、すなわち集合住宅に住んでいたという。

＊

中級公家の屋敷の門が開いている。建物はずいぶんと傷んで屋根瓦もずり落ちていた。大工や屋根職人を雇う金にすら困っていることが窺《うかが》えた。

その屋敷の玄関に一丁の駕籠《かご》が停まっていた。お供の武士たちが十人以上、その場で蹲踞《そんきょ》して待っている。かなりの大藩の家老が乗ってきたものと推察できた。


座敷の奥に一人の公家が悠然と座っていた。書見台を据えて静かに書物を捲っている。水干《すいかん》姿で立烏帽子《たてえぼし》。白粉《おしろい》を塗った顔に置き眉をして、唇には朱を注《さ》していた。

歳は二十代の半ば。妖艶《ようえん》さの匂い立つ、美貌の公達《きんだち》であった。

彼の座る部屋の畳はずいぶんと古びて黄色に日焼けしていたが、彼を取り巻く空気だけが雅《みやび》やかに感じられる。

隣の部屋には客人の家老が座っている。こちらは折烏帽子に直垂《ひたたれ》の姿だ。江戸時代の武士の正装であった。

家老は額に汗を滲《にじ》ませている。四十がらみの中年だが、ひたすら恐縮しきっていた。

「いかがでございましょうか権中将《ごんのちゅうじょう》様……」

権中将はパタリと書面を閉じた。弥勒菩薩《みろくぼさつ》像のごとき優雅な手つきでちょっと顎《あご》に触り、黙考《もっこう》してから、涼やかな目を家老に向けた。

「あなた様がお仕えしている大名家……、若君様の諱《いみな》の可否についてお案じのことと承っております」

「ハッ、当家の嫡男、このたび元服につき、相応《ふさわ》しき諱をつけたく思案しておりまする。家中一同で協議した結果、『実重《さねしげ》』がよろしかろうかという結論に達しました……」

権中将は即座に否定する。

「その名は三条家《さんじょうけ》の七代目が名乗っておわした。故・三条実重様は太政大臣の重職に就いておわしたのですぞ……。若君が同じ名を名乗れば、三条家がお困りになられましょう」

家老は激しく動揺した。

「そ、そのような先例があろうとは、つゆ知らず……」

権中将は家老が携えてきた書面を手にとって、つらつらと眺める。

「ふぅむ。第二案の『基忠《もとただ》』は鷹司《たかつかさ》家二代目のお名前。こちらも憚《はばか》りが多ぅございます。第三案の『業忠《なりただ》』は舟橋《ふなばしけ》家の祖。こちらもよろしくござりませぬなぁ」

家老は冷や汗をダラダラと滴《したた》らせた。

「て、手前どもは田舎《いなか》大名にございまして……お公家様がたの系譜は皆目わからず……」

徳川三代将軍の家光《いえみつ》も、最初は家忠《いえただ》と命名されようとして、平安時代の左大臣に同名の人物がいるとわかって改名された――という事例がある。

公家の家が五百家以上もあり、現当主の名前を覚えるだけでも大変なのに、先祖の名前まですべて調べて同じ名をつけないようにしろ、ということのほうが無理なのだ。

「なんの」

と、権中将は書面を文机《ふづくえ》に戻した。

「そのために麿《まろ》の家があるのでおじゃる。よくぞご相談に参られましたな。貴家《きか》に不都合のないように麿が取り計らいましょうゆえ、ご案じめされるな」

家老は平伏《へいふく》した。

「文章生《もんじようしよう》の権中将様だけが頼りにございまする……」

文章生とは大学寮の教授に相当する。大学者だ。

「なにとぞよろしきようにお取り計らいくださいませ……」

携えてきた文箱《ふばこ》を、ここぞとばかりに差し出した。中には小判が詰まっていた。

権中将はほんのりと微笑《ほほえ》んだ。

「なによりの物を頂戴いたした」

家老が帰っていった後、権中将は公家諸流の古系図を集めて調べ始めた。依頼を受けたからには万全を期さねばならない。生活費がかかっている。

そこへ青侍《あおざむらい》がやってきた。青侍とは公家に仕える武士のことだ。見た目は江戸の武士と変わらない。

座敷の外の濡れ縁で平伏して言上する。

「右大臣《うだいじん》邸より使いの者が参りました。急ぎご来駕《らいが》を願いたし、との言上にございます」

「右大臣様より直々のお指図か？」

権中将は優雅に首を傾《かし》げた。何用であろうか。〃急ぎ〃というからには大事《だいじ》が出来《しゅったい》したのに違いない。権中将は系図を記した書物を閉じた。筆を取って懐紙《かいし》に諱の二文字を記すと家来に渡す。

「これを、先ほどの家老に届けよ。『権中将が、こちらの諱をお勧めする』と伝えおけ」

大名家からの依頼を果たし終え、権中将はわずかな供を連れて屋敷の門に向かった。

外の通りに出る時は左足から。「貧《ひん》！」と声を発して踏み出す。貧乏を屋敷の外に追い出すためのまじないだ。

公家の屋敷は御所の周辺に集められている。右大臣の屋敷は歩いてすぐの所にあった。江戸時代になると誰も牛車《ぎっしゃ》など使わないし、所持するだけの経済力もない。公家も歩いて目的地に向かう。

相手の屋敷に入る時は右足で踏み込みながら「福《ぷく》！」と唱える。招福のまじないであることは言うまでもない。

右大臣の邸宅も寝殿造《しんでんづくり》などではない。武士の屋敷と大差のない造りだ。江戸時代の公家社会には公家専用の大工を養う力はない。

座敷に入って待っていると障子を開けて右大臣が入ってきた。直衣《のうし》姿に立烏帽子。座敷の奥の正面にドッカと座った。権中将は低頭して待つ。

「清原《きよはら》権中将。面《おもて》をあげよ」

「あッ」

と答えて背筋を起こす。右大臣は白髪の老体であった。右大臣は貴族の階級の第二位。身分だけなら将軍と同格だ。

右大臣は権中将の顔を見て「うむ」と頷き返した。

「清原権中将、いや、清《せい》ノ中将《ちゅうじょう》と呼ぼう。早速の来訪、礼を申すぞ」

なにやら落ち着きがない。喋《しゃべ》りにくそうにしている。

「何事か、出来いたしましたか」

「いかにも大事の出来じゃ。東国《とうごく》で騒動が起こっておる。異国の舟が常陸国《ひたちのくに》に漂着したのだ。琉球国には異国の船団が張りついておる最中にじゃぞ。にもかかわらず将軍家は例によって腰が重い」

「日本国の一大事にございまするな」

「帝《みかど》もお心を悩ませておわす。お労《いたわ》しいかぎりじゃ。そこでそなたに骨折りを願いたい。江戸に下向《げこう》して東国の騒擾《そうじよう》を探るのだ」

「心得ました。すぐにも東下《とうげ》いたしましょうぞ」

「頼んだぞ。まずは伏見《ふしみ》の港から舟で大坂に向かえ。大坂からは荷船だ。廻船問屋への手筈《てはず》は済んでおる。遅くとも四日もあれば江戸に着くであろう」

「御意《ぎょい》に」

「良き首尾を待つぞ。本来なら麿みずからが江戸に下向したいほどなのじゃ」

右大臣の激励を受けつつ、清ノ中将は京を後にした。

四

「陸奥《むつ》の磐城《いわき》からやってまいりました。江戸に帰ろうとしているところなんで」

半左は街道を封じる関所の役人に手形を見せた。

「ようし、通れ」

難なく通行が許された。うつろ舟に近づこうとする者への取り調べは厳重だったが、逆方向へ向かう者への取り調べは緩い。

道沿いに飯屋を見つけた。人の好《よ》さそうな老人と老婆が切り盛りしている。

半左は久しぶりの飯にありついた。飯を食べると人心地《ひとごこち》ついて緊張もほぐれた。

　半左は思案を巡らせ始めた。

(あのうつろ舟、どうしたものかな……)

　このままでは漁村の者たちによって解体される。あるいは武士の命令で焼き捨てられる。

(なんて、もったいねぇ話だ。あれは日本じゅうの船大工が見て、手本にするべき船なんだ)

　などと考えているうちに、急に眠気に襲われた。数日来の緊張が一気に解けた。腹にはたっぷりと飯を詰め込んだ。全身がだるくてたまらない。

(ちょっと一休みしよう……。ここから江戸まで長旅だ。少しは休んでおかねぇと身が持たねえ……)

　瞼《まぶた》が重い。目を閉じた瞬間にはもう、眠りに落ちていた。

　耳の近くでガサゴソと音がしている。

(なんだよ煩《うるさ》いな……。ひとがせっかく良い心地で寝てるってのに)

　半左は目を開けた。そして「あっ」と叫んだ。

飯屋の老翁《ろうおう》と老婆が半左の荷物を調べている。異国船の見取り図やアルファベットが書かれた海図を広げていた。

老翁が鋭い目を向けてきた。

「お前《め》ぇ、キリシタンだな」

「ちっ、違う……ッ」

この時代、蘭学に理解や関心のある者は少ない。大半の人間にとってアルファベットで書かれた物はすなわち〝邪教キリシタンの魔道書〟なのだ。

「動くんでねぇ！」

老翁は包丁を突きつけてきた。老婆も木の棒を振り上げる。おそらく戸締りの心張《しんば》り棒《ぼう》に違いない。

「もうすぐお役人様が見回りに来るだぞ。静かにするだ」

半左はその場にヘナヘナとへたり込んだ。

（ど、どうしよう……）

半左の所持品を田舎の代官所の役人が目にしたなら、キリシタンだと決めつけられるに違いない。キリシタンは火炙《ひあぶ》りの刑だ。

仮に、キリシタンではないことが証明できたとしても、うつろ舟から物品を盗み出した事実は変わらない。江戸時代の法律では十両以上の現金か、十両相当以上に値打ちがある物品を盗んだ者は死罪にされる。

どちらにしても死刑なのだ。

役人の声が聞こえた。

「捕らえたキリシタンは、いずこにおるのかッ」

老翁が大声で答えた。

「へーい。こちらでごぜぇやす」

役人の足音が近づいてきた。配下の者の足音もする。総勢で五、六人はいるようだ。半左の鼓動が高鳴った。冷や汗がドッと出た。

と、その時であった。

「ぎゃあ〜〜〜〜ッ！」

外から凄《すさ》まじい絶叫が聞こえてきた。続けて激しい闘争の気配がした。

「ぐわっ」

「ひええっ、お、お助け……」

短い悲鳴と人の倒れる音が続く。

老翁は包丁を握って戸を開けた。

「なんだべッ？」

直後、老翁の身体《からだ》が真後ろに倒れこんできた。胸に刀が突き刺さっている。老翁が倒れると同時に刀がすっぽ抜けて血が吹き出した。

「ひえええええッ」

半左は無様な声をあげる。戸口に真っ黒な凶徒の影が立っていた。

老婆が逃げ出そうとする。謎の男は無造作に刀を振るった。老婆を背中から斬りつける。老婆は倒れて絶命した。

半左は腰を抜かしてしまう。悲鳴をあげることもできない。

謎の男が半左に目を向けた。

「メリケン人の漂着者は見つけ出したのか」

「えっ」

「そなたは高隅外記様の命を受けてメリケン人を捜しに来た。そうであろう」

「あんた、いったい何者なんだ」

「俺の名は岡之木《おかのぎ》幻夜《げんや》。高隅様の命を受けておる。今一度問う。メリケン人の漂着者は見つかったのか」

半左は歯の根も合わないほど震えている。

五

その頃――。トマス提督が率いるアメリカ艦隊は伊豆《いず》半島の南の海上を進んでいた。

北に真っ白な富士山が見えた。甲板に立ったトマスは望遠鏡を伸ばしてその山容を眺めた。

その時であった。見張り台にいた水兵が大声を発した。

「漂流船です！　合衆国の旗を掲げていまーす！」

甲板にいた全員が一斉に動き出す。よく見ようとして船の舳先《へさき》に集まった。

トマスは高く造られた艦橋にいる。望遠鏡を前方の洋上に向けた。

スクーナー船が船体を傾けながら漂流していた。ボロボロになった星条旗がマストに縛りつけられている。

トマスは即断した。

「救助する！　船速、落とーせー」

水兵たちがマストの縄梯子《なわばしご》をよじ登って帆を畳む。船の速度がグッと落ちた。

トマスの艦隊は難破船に静かに接近した。

小舟が下ろされ、難破船に水兵が乗り移った。救助が始まる。トマスは艦橋に立って指揮を執った。

救助された者の中では比較的に元気だった士官がトマスの前に連れてこられた。中尉の肩章をつけた若者だ。トマスの前で敬礼した。

トマスもサッと敬礼を返す。

「楽にしたまえ。君の船に何があってこうなったのかを報告するのだ」

「アイ、提督。自分たちは八月四日、ジャクソン船長の指揮下でシアトル港を出航しました。任務はトマス・フィールド提督の艦隊に、大統領の密書を届けることだ――と、ジャクソン船長より聞かされました」

「大統領の密書だと？」

トマスの顔に緊張が走った。

「どこにあるのだ。船長室の金庫か？」

「いいえ……」

中尉は喋り難《にく》そうな顔つきになって答えた。

「船長は船が沈むと判断し、救命艇を下ろすように命じられました。密書は救命艇に乗り込んだ人物に託されました。わたしが目の前で見ております」

「その人物とは？　誰だ」

「それが、その……」

「はっきり言え！」

「アイ！　その人物とはアレイサ・フィールド嬢、すなわち提督のご令嬢でございます！」

トマスは目を見開いた。驚愕で血の気が引いていく。

「アレイサだとッ？　アレイサを救命艇に乗せて嵐の海に下ろしたのかッ」

今にも飛びかかりそうなうろたえぶりだ。中尉は慌てて答える。

「救命艇は発明家のオランドー博士が作った最新型でして……」

「あの、おかしな物ばかり作っている発明家か！」

アメリカでは有名な奇人だ。

「ハッチを閉じれば水が入らぬ構造ですので、沈没することはありません。その時の風向きから計算するに日本の浜辺に漂着したものと思われます！」

「思われます、ではないッ。アレイサを見つけ出すのだッ。航海長！　江戸に針《しん》路《ろ》を取れ！　水兵隊は上陸の用意だッ」

それを聞いて焦ったのは、艦隊の副官だ。

「お待ちくださいッ、それでは日本との戦争になります！　大統領は戦争をお望みではございませぬ」

「日本人どもは、キリスト教徒と見れば容赦なく殺すと聞いておるぞ！」

「あなたが一人の父親として、ご令嬢の身を案じるお気持ちはわかります。されどあなたはアメリカ海軍の提督。大統領から日本に送られた外交大使でもあるのです！　ご自身の任務を忘れてはなりませぬ」

トマスは「むうう」と唸《うな》った。身体のバランスを崩して手すりに摑《つか》まる。すっかり憔悴《しょうすい》しきっている。

副官は冷徹に思案を巡らせ始めた。

「大統領からの密書に何が書かれてあったのか、それが一番の大事。密書が日本人の手に渡ったなら、合衆国の内情が筒抜けとなってしまいかねませぬ」

「わたしの娘はどうなってもいい、と言いたいのか！」

「ご令嬢を救い出すことが叶《かな》えば、ご令嬢が所持する密書も戻ってくることでしょう。まずは江戸の大君に使者を送りましょう。日本人に有利な条件を提示してアレイサ嬢の救助と救命をとりつけるのです」

副官はトマスに顔をグイッと近づけた。

「鉄砲を構えた水兵隊を上陸させるほうが危険です。江戸の大君は、アレイサ嬢のことを『開戦に先立って送り込まれてきたスパイだ』と考えるやもしれませぬ。そうなったら間違いなく処刑されてしまうでしょう」

「……なるほど、貴官の懸念は理解した。江戸の大君には和平の使者を送るとしよう」

トマスは甲板長に向かって叫んだ。

「ヨットを下ろせ！」

＊

「なにっ」

将軍が目を見開いた。

「もう一度、申せ！」

江戸城の中奥御殿《なかおくごてん》で政務を執っていたのだが、机を手荒に横に退《ど》かした。

将軍の前で老中の甘利備前守が平伏している。

「申しあげます。メリケン国の黒船が五隻、伊豆の南の海上に忽然《こつぜん》と姿を現わしましてございまする！」

「琉球に寄港しておったのではなかったのか。なんの故があって、こちらに向かって参ったのかッ」

「ただ今、御船手奉行《おふなてぶぎょう》の向井将監《むかいしょうげん》に命じ、船を送って様子を探らせておりまする。間もなく将監よりの報せが届こうかと……」

御船手奉行とは徳川幕府が擁する水軍の、すなわち徳川海軍の、司令官のことである。

とはいえ外国との戦争も海賊との戦いも、ほとんどなかった徳川幕府である。軍船は旧式で兵力も少ない。

話をしているうちに向井将監が慌ただしげにやってきた。額に汗を滲ませながら入ってきて平伏した。

「申しあげます！　メリケン国の水軍大将、トマス・フィールドなる者が、上様に御内書《ごないしょ》を送って参りました」

甘利が振り返って確かめる。

「御内書じゃと？」

御内書とは個人的な手紙のことである。

正式な外交文書を送りあう前に、個人的な手紙を使ってやりとりをして、互いの意志を探り合う。この時点での意見交換は歴史の表には出てこない。文字通りに〝内緒の話〟が交わされるのだ。

向井将監は、伊豆の沖合で目にしたことを報告する。

「我らが軍船は、メリケン国の船の五隻を見つけまして、舳先を寄せましてございまする。するとメリケン船が小舟を下ろして参りまして、我らに使者を送って寄越《よこ》しました。日本の言葉を解する清国人も一緒におりました」

「通詞であるな」

と甘利。向井将監は頷いた。

「その通詞の者を通じて、トマス大将の書状を寄越したのでございます」

おおよその事情は理解した。甘利は将軍に向き直る。

「受け取らずに突き返すこともできまする」

将軍が受け取って封を開けたなら、返事をせねばならなくなる。面倒な外交の始まりだ。受け取らなければ鎖国がそのまま続く。

将軍は即断した。

「受け取る。書状をこれへ」

向井将監が封をされた御内書を差し出してきた。小姓が受け取って将軍の手許まで運んだ。

文字は英文であった。清国人の通詞の筆による日本語の翻訳文書が添えられてあった。

「……我らの違約を詰《なじ》る内容じゃな」

将軍がそう言い、甘利は首を傾げさせた。

「違約でございまするか？　我ら、メリケン国と何事かの約定《やくじょう》を交わした覚えはございませぬが」

「同感じゃ。まったく胡乱《うろん》な話であるな。それに礼にも欠けておる」

甘利は再び向井将監に顔を向けた。

「船手奉行の兵力でもって、メリケンの船団を追い払うことが叶うであろうか」

向井将監は真っ青な顔を伏せた。

「畏《おそ》れながら、難しゅうございまする。メリケン国の軍船は我らの船よりも大きく、大砲も十門は載せているように見受けられました。しかも五隻。我らは軍船が一隻に早船が四隻。とうてい戦になりませぬ」

「なんたる弱腰！」

甘利は叱るが、将軍は渋い表情だ。

「待て甘利。我ら公儀は長い平和で水軍を育てることを怠ってきた。船手奉行の落ち度ではない」

向井将監が訴える。

「トマスは、公儀のご意向を代弁ができる使者を送ってほしい、と申しております」

「余《よ》の代理が務まる者を寄こせ、ということか」

「ご賢察のとおりにございます」

外交特命大使のことだ。が、当時の幕府は外交に不慣れだ。外交官を務める職すら定めていない。

将軍は甘利にチラリと目を向けた。甘利は動揺を隠しもせずに目を白黒させている。

(わたしを任命するのだけはやめてください)と全身で訴えている。

とてものこと、大事を任せられそうにない、と将軍も思った。

将軍は英文の手紙に目を落とす。

「……かような国難、よほどの才覚の持ち主でなければ乗り切れまいぞ」

そして顔を上げた。

「八巻《やまき》をおいて他にあるまい」

将軍の言葉に甘利は仰天する。

「うっ上様、その儀ばかりは、いささかご短慮に過ぎると……」

「ならば、そのほうが行くと申すか？」

「いえ、それは……、うっ、腹が痛い……」

仮病ではない。本当に痛くなってきたのだ。

将軍は廊下に侍《はべ》るお城坊主に向かって叫んだ。

「八巻大蔵《おおくら》を呼んで参れッ」

お城坊主は平伏して拝命し、卯之吉を捜しに向かった。しかしいつまで経っても戻ってこない。

ずいぶんと待たされてから、大勢のお城坊主がやってきた。全員で廊下に平伏して答える。

「八巻大蔵様のお姿、ご城内には見当たりませぬ」

江戸城のすべてを隈《くま》なく捜しました、という証明として、城内のすべての場所から、お城坊主を引き連れてきたのだ。

将軍はうろたえている。

「どこへ行ったのだッ。捜しだせッ」

お城坊主たちは全員で顔を見合わせた。

＊

江戸城を退勤したお城坊主がその足で島津家の上屋敷に向かった。

薄暗い部屋で高隅外記と面談する。

「……上様と甘利様は、メリケン国の大将と友誼《ゆうぎ》を交わすおつもりのように見受けられました」

高隅は暗い表情で思案してから質問する。

「鎖国が将軍家の祖法であったはず。将軍自らが鎖国を破るというのか」

「御使者に抜擢《ばってき》されたのは御用取次役の八巻大蔵様。御用取次役であれば、正式な交渉にはなりませぬ。厄介な揉め事となれば取次役の一存——という形式で交渉を打ち切るお腹積もりなのでございましょう」

「なるほど御用取次役とは便利なものだ。よくぞ報せてくれた」

島津家の藩士が三方《さんぼう》を持って入ってくる。お城坊主の前に小判二十両が置かれた。

お城坊主は金で買収されて、幕府の内情を外に漏らしてしまうのである。

お城坊主が帰った後、高隅外記はひとり黙然《もくぜん》と考え込んだ。

「道船様の恐れたとおりの事態となった……。トマスと将軍家が面談すれば、島津家の陰謀が露顕する。島津を守るためには非常の一手を打つしかあるまい」

高隅の脳裏に道船の姿が――鹿児島で見た光景が蘇る。

『トマスと将軍家とを戦わせ、将軍家を滅亡させる。漁夫の利を得て島津家が新しい世を築くのじゃ』

老いてますます意気軒昂《いきけんこう》な道船はそう喚《わめ》き散らしていた。

六

夜四ツ半（午後十一時ごろ）を過ぎたあたりから雨になった。辺り一面が水たまりだ。常陸国の農村は真っ暗な闇に包まれている。村の畦道《あぜみち》に常夜灯はひとつもない。

水たまりを踏んで、泥水を蹴立《けた》てながら男たちの一団が走ってくる。笠を被って蓑《みの》を着ていた。全身から水を滴らせていた。

「こっちだっ」

「ここにも骸《むくろ》が転がってやがるぞッ！」

数人ずつの集団が喚き散らしながら行き違う。手にした松明《たいまつ》に雨が降り注いでジュウジュウと音を立てる。白い煙が立ってますます視界を塞いだ。

「寅三《とらぞう》兄貴ッ、こっちでございますさぁ」

荒海一家《あらうみいっか》の若い衆に先導されて代貸《だいがし》の寅三がやってきた。さすがの寅三も緊張を隠しきれない。引《ひ》き攣《つ》った表情を浮かべている。

子分たちが松明を地面に向けた。寅三はその前に跪《ひざまず》いた。

「代官所の小役人と、手伝いに駆り出された村の若い衆だな。どうやら捕り物があったようだぜ」

江戸の町でヤクザ者が同心の手下を務めるのと同じで、農村部でも喧嘩っ早い男たちが役人の手伝いをする。

そして時には返り討ちにあって殺される。地べたに転がった骸が冷たい雨に打たれていた。

凄惨《せいさん》な光景に子分も震え上がっている。

「うつろ舟に乗ってきたキリシタンの仕業ですかね？」

「なんとも言えねぇな」

寅三は周囲に目を向ける。一軒の飯屋があった。戸口に血がかかっている。戸が開いていた。中は真っ暗だ。

寅三は踏み込んでいく。客が座る腰掛けが乱暴に倒されて、老人たちの死体が二つ、転がっていた。

「格好から察するに、店の亭主とその女房か」

「兄貴ッ、裏口が開いてやすぜ！　足跡が残ってらぁ」

子分が三和土《たたき》に松明を向けた。外へ逃げる足跡がくっきりと残されていた。

「まだ新しい足跡だな。よし、追うぞ」

寅三と子分は外に出る。初冬の野原だ。背の高い草はほとんどが枯れていた。

寅三は足跡を確かめながら進む。そして「ムッ」と低く唸った。

「そこに隠れていやがるのは誰でぃ！」

草むらの中に潜む人影に気づいたのだ。

人影はさらに小さく身を竦《すく》ませた。寅三は腰の長脇差《ながわきざし》を抜いた。

「出てこねぇのなら、こっちから斬り込むぞ！」

子分も刀を抜いて、ペッと掌《てのひら》を唾で湿らせる。

「異国のキリシタンに違いねぇですぜ！　討ち取れば代官所からご褒美が出るってもんだ」

「ま、待ってくれ！　オイラは怪しい者《もん》じゃねぇ」

人影は両掌を突き出して立ち上がった。

「誰でぃ手前《てめ》ぇは」

「島津様に仕える船大工の半左って者だ。キリシタンなんかじゃねぇ！」

寅三は首を傾げた。

「船大工の半左だと？」

「道中《どうちゅう》手形も持ってる。疑うんなら確かめてくれッ」

寅三は長脇差を鞘《さや》に戻した。

「オイラたちはお前さんを助けるために江戸からやってきたんだ」

「えっ……。どうして？」

半左にはまったく飲みこめない話だ。凶暴そうなヤクザの知り合いなんかいない。

「南町の八巻様が、お前ぇを助けるようにってオイラたちに命じて、常陸まで送り出したんだ」

「南町の八巻様？　どなた様か存じねぇんですが」

　子分が気を利かせて喋りかけてきた。

「もしかすると八巻の旦那は、お大尽《だいじん》の若旦那のお姿じゃなかったか？　卯之吉って名乗られていたはずだぜ」

「あっ、あの若旦那さんか！」

　寅三が頷いた。

「どうやらお前ぇ、オイラたちの捜していた半左で間違いねぇようだな。ここは剣呑《けんのん》だ。凶賊がうろついていやがる。やい、凶賊の姿を見なかったか」

「えっ……」

　半左は一瞬、言葉につまった。

「いいや……。何も見ちゃいねぇ」

「そうかい。代官所の役人たちが骸に気づいたら面倒だ。ここにいるオイラたちが下手人にされちまう。逃げるに限るぜ。ついてきやがれ」

　寅三と子分は尻をまくって駆けだした。

「ちょ、ちょっとだけ待ってくれ。飯屋に大事な荷物があるんだ……！」

　半左は飯屋に飛び込んだ。荷物を抱えて、えずきながら出てきた。骸と血臭《けつしゅう》の衝撃で吐き気を催してしまったのだ。

野原の中に一軒のあばら家があった。住人を失くした空き家であろう。

三年続きの長雨による洪水と寒冷な気候のせいで農村の生活は破壊された。米の収穫がなければ農民は田畑を捨てるしかない。江戸に出てきた流民たちが一騒動を起こしたことは、寅三たちの記憶に新しい。

人里はなれた空き家には時として悪党が棲《す》みつく。この空き家は荒海一家が一時の拠点として使っていた。

子分たちがあばら家の周囲をうろついている。皆、鋭い眼光だ。半左は恐ろしくてたまらない。寅三の背中に隠れるようにして進んでいく。

寅三があばら家に踏み寄っていくと、子分が気を利かせて戸を開けた。

「お入りくだせぇ」

腰をかがめる。

寅三は振り返って半左を見た。

「お前ぇも入れ」

断れる状況ではない。半左は「へ、へい……」と萎縮《いしゅく》しながら戸口をくぐった。

あばら家の中は暗かった。寅三が命じる。

「明かりをつけろッ」

灯火の皿を子分が用意する。松明の火が移された。

寅三は灯火を手に取って板の間に上った。土間と座敷を隔てる障子を開けた。

灯火の明かりを座敷の奥にかざす。

半左は「あっ」と声をあげた。一人の娘が座っている。白いドレスを着ていた。長い金髪がなびいていた。

「アレイサ様！」

その娘――アレイサもハッと気づいた。

「ハンザ！　あなたなの？」

もちろんアメリカ英語だ。

半左は草鞋《わらじ》を脱がずに土間に駆け上がった。正座する。

「ようこそご無事で！」

「あなたがきっと助けに来てくれると信じていました！」

早口で交わされる異国の言葉は、荒海一家の者たちには理解できない。

「寅三兄貴、いってぇ何て言ってやがるんです？」

「俺にわかるわけがねぇだろ」

寅三は戸口の外にクイッと顎を向けた。

「親分に報せてこい！　尋ね人は二人ともみつかりやした——ってな」

「へいっ」

子分は夜の野原に飛び出していった。

第二章　深川踊り合戦

一

夜風が吹いている。常陸は雨だが江戸の空には澄んだ月がかかっていた。月よりも明るい雪洞《ぼんぼり》が夜の町を照らしだす。窓から洩《も》れる明かりも眩《まぶ》しい。ここは江戸一番の遊里、深川だ。

その街中に黒漆塗りの乗物で乗り着けた者がいた。

「おい！　なんでぇ、ありゃあ！　とんだ無粋な野郎がいたもんだぜ」

江戸の町人は大名の豪華な行列を見慣れている。いちいち恐れいったりはしない。逆にわらわらと集まってくる始末だ。

乗物を先導する青侍が酔客たちを叱りつけた。

「退《ど》け退けィ！　邪魔をいたすなッ、道を遮《さえぎ》るでないッ」

「ちぇっ、邪魔なのはそっちじゃねぇか！」

酔客たちが口々に罵《ののし》る。

乗物にはお供の者たちも二十人ばかり従っていた。笠を目深《まぶか》にかぶっていたが、その笠をちょっと上げて睨みを利かせた。

眼光が鋭い。恐ろしい殺気が放たれた。酔客たちは急に怖《お》じ気《け》づいて黙り込んだ。

乗物は、深川一の老舗《しにせ》『扇屋《おうぎや》』の前で停められた。行列を先導する青侍が店に向かって叫んだ。

「栗ヶ小路《くりがこうじ》中納言様、おなぁりぃ！」

店の中から主人の久兵衛《きゅうべえ》が出てくる。乗物に向かってヘコヘコとお辞儀をした。

乗物の扉が開けられる。立烏帽子の公家が降り立った。

「麿《まろ》こそが栗ヶ小路中納言じゃ」

扇子を広げて顔の下半分を隠しながら名乗った。目はキョロキョロと四方に向けている。

「潮臭いのぅ。下賤《げせん》な東国の臭いがするでおじゃるぞ」

海が近ければ潮の臭いが漂うのは当然で、東国と五畿内《ごきない》で変わりはないはずだが、わざわざ貶《けな》してみせる。

「魚の腐った臭いもするでおじゃる。否、これは腐った将軍家のはらわたの臭いでおじゃるかのぅ」

息もつかせぬいけずっぷりに久兵衛も困惑しきりだ。このような面倒臭い客をとったことはない。

そこへ菊野が現われた。暖簾《のれん》をスッと片手で上げてやってくる。妖艶な笑みを栗ヶ小路に向けた。

「本日はようこそ深川にお渡りくださいました。京のお公家様にお渡りいただき、深川の評判もあがりましょう」

「むむっ」

菊野の美貌に栗ヶ小路の顔つきも変わる。菊野は愛想よく語りかけ続ける。

「いかにも深川は草深い田舎でございます。京の島原《しまばら》には遠く及ばぬと、常々口惜しく思っていたのでございますよ。されど今宵《こよい》、中納言様のご来駕を賜《たまわ》りました。深川の評判も京にまで伝わりましょう。手前どもにとっては、この上もない誉れにございます」

「うむっ……。そのほうの美しさ、京女に勝るとも劣らぬぞえ。麿の座敷を務めたとなれば、そなたの名声も天下に轟《とどろ》くでおじゃろう」

「あら、嬉しい。ささ、中納言様、どうぞこちらへ」

菊野に手を取られて誘われて、中納言はすっかり鼻の下を伸ばしてしまった。

「どぅれ。在原業平卿《ありわらのなりひらきょう》の顰《ひそ》みに倣《なら》って、麿も東下りと洒落《しゃれ》こもうか」

「中納言様こそ古《いにしえ》の業平様に勝るとも劣らぬ見目麗《うるわ》しさにございますよ」

「今《いま》業平か。これはよい」

誰もそこまでは言ってない。

「さようであれば、そなたこそ都鳥じゃ。その身は東国にあれども、都の空を飛ぶのにふさわしかろう」

「あら、お上手」

周りで聞いているほうは（なにを言っているのだこの人たちは）と呆《あき》れるしかない。

いそいそと登楼《とうろう》しようとする栗ヶ小路の袖を引いた者がいた。高隅外記であった。供として従っていたのだ。

「中納言様、ここは一刻も早く常陸の国へ向かうべきかと……」

高隅外記は有能な役人である。仕事のことしか頭にない。無粋の極みだ。当然に栗ヶ小路は立腹した。

「ええい、邪魔だていたすな。お前たち武士どもは公家の楽しみの邪魔ばかりいたす。京都所司代と同じじゃ。麿たちはかくの如き悪《あ》しき世を覆すために力を尽くしておるのでおじゃろうが」

栗ヶ小路は高隅を振り払って座敷に上がった。

豪華に飾られた二階座敷。金屏風が張り巡らされ、百匁大蠟燭《ひやくもんめおおろうそく》が灯されている。栗ヶ小路の前には料理の膳が並べられていた。

「ささ、どうぞおひとつ」

菊野が銚釐《ちろり》の先を向ける。栗ヶ小路は朱漆《しゆうるし》塗りの大盃《おおさかずき》を差し出して受けた。注がれた酒を口に含む。

「ふん」

一息に干して酒臭い息を吹いた。

「とんだ古酒《こしゆ》でおじゃるな」

「灘《なだ》の菊酒《きくざけ》を取り寄せました……。廻船《かいせん》に載せられて江戸まで運ばれて参ります。富士の真下の海を通るってんで、江戸では〝富士見酒〟と呼ばれておりますよ」

「東国に下る酒は上方の売れ残りじゃ。暑い船倉に積まれれば尚のこと味が落ちようぞ。こんな酒を有り難がって飲むとは。いやはや、将軍家にはお気の毒なことよなぁ」

いちいち貶して面倒臭い。口ではそう言いながらも盃を突き出して酌をさせ、美味そうに飲んでいるのだから始末に困る。

続けて栗ヶ小路は料理に箸《はし》をつけた。口に運んで一言、

「辛い」

と言った。

「東国の料理人はなんでも醬油《しょうゆ》で煮込みおる。これでは食材の持ち味を殺してしまうではないか」

主人の久兵衛も座敷に同席している。恐縮しきった様子で低頭した。

「お口に合わず、とんだ粗相をいたしました。早速にも料理人に命じまして、京風の味付けの膳に替えさせていただきます……」

「よいよい。東国の者が京風を真似たところで上手にできるはずもないわ！」

などと悪口を並べつつ、料理を次々と平らげていく。

扇屋は深川一の名店である。料理人も江戸で随一の腕前だ。料理がまずいわけがない。それでも栗ヶ小路はいちいち京料理を引き合いに出して貶す。貶してから美味しそうに食べる。

そんな様子を、陪席《ばいせき》する高隅外記も冷やかに見つめている。何を思うのか、まったく表情には現わさない。芸者が横について酌をしても、

「わしはいらぬ」

と言って、受けようともしない。

栗ヶ小路は酒豪であり、健啖家《けんたんか》だ。菊野は空になった銚釐を持って一階の板場に下りた。久兵衛もついてきた。

久兵衛は唇を尖《とが》らせる。

「あの野郎め。料理を貶せば貶すほど飯が美味くなる、ってぇ手合いだ。とんだひねくれ者だよ」

そういう人間は珍しくもない。江戸でもよく見かける。

板長にも座敷の様子は伝えられている。立腹している様子だ。

「どんな料理を出したって貶しやがるんだ。こっちの好きにやらせてもらうぜ」

菊野も同意して微笑んだ。

「存分に腕を振るってやっておくれな」

そこへ仲居が血相を変えてやってきた。

「旦那さん、あのお公家様が……」

「今度はなんだ」

「強請《ゆすり》たかりの類《たぐい》じゃないのかと……」

久兵衛と菊野は慌てて二階座敷に戻った。

座敷では栗ヶ小路が金屏風の前でふんぞりかえっていた。

「中納言たる麿が口に運ぶ料理を、無位無官の地下《じげ》がこしらえたと言いやるかッ」

その場の仲居と芸者衆が平身低頭している。急いで久兵衛が駆け寄って正座し低頭した。

「な、なにか……不調法《ぶちょうほう》がございましたでしょうか……?」

「不調法も極まるでおじゃるぞッ」

栗ヶ小路は憤激している。

「よく聞けッ。京の都では、公家衆の料理を作る者は大掾《だいじょう》の官位を授けられておる！　無位無官の地下が作った料理を食べさせるなど……無礼も極まるでおじゃるぞッ！」

地下とは庶民のことだ。

京都では、帝や公家衆の料理人も高い身分を持たされている。調理師免許とは違う。身分制度に関わっている。

「公家を蔑《ないがし》ろにするこの所業、許しがたいでおじゃるッ。帝に奏上し、将軍家ともども、きつくお叱りいただくしかないでおじゃるぞッ」

久兵衛は冷や汗を拭いながら訴える。

「そのようなしきたりがあろうとは露知らず……とんだご無礼を……」

「知らなかったでは済まされぬッ」

「なにとぞ、お許しを……」

するると突然、栗ヶ小路の顔つきが一変した。意味ありげな笑みを主人に向けた。

「罪に問われぬ方策が、ないでもないぞえ？」

「それは、どのような」

「そのほうが大掾の位を賜れば良いのじゃ。授かることができるよう、麿が計ってくれようぞ。麿がそのほうの店を朝廷に推挙してやる。そのほうには〝武蔵国《むさしのくに》大掾〟の官位が授けられるであろう」

「そ、それは」

「無礼千万な地下として罰せられるか、それとも大掾の栄誉に浴すか、そのほうの心がけ次第じゃ」

栗ヶ小路に仕える青侍がスッと寄ってきて、主人に耳打ちする。

「大掾の官位は、朝廷への推挙の礼金を含めて三十両で承る」

その囁《ささや》きは菊野にも聞こえた。

(呆れたねぇ。これが、帝様をお支えする公家衆のなさりようかえ)

鱈腹《たらふく》飲み食いしたうえで金まで強請ろうとする。

(そこらのヤクザ者より質《たち》が悪いじゃないのさ)

しかし、この場を収めるには金を出すしかなさそうだ。主人は帳場に命じて三十両の金を持ってこさせて、栗ヶ小路の前に差し出した。

栗ヶ小路はニンマリと笑った。

「良き心がけじゃ。東人《あずまびと》にも道理のわかる者はおったか。帝もお喜びになられよう」

さらに命じた。

「白木の看板と筆を持て」

看板用の大きな板が座敷の畳の上におかれた。栗ヶ小路はやおら筆を取ると硯の墨をたっぷり含ませ、

「ふんぬ！」

看板に筆を走らせ始めた。

〝栗ヶ小路中納言休　武蔵国大掾　扇屋久兵衛〟

と書かれた。

休とは休憩のために立ち寄った、という意味で〝御用達〟に近い意味で受け取られる。

「これによってそのほうも、天下に恥じることなく商いができようぞ」

恩きせがましく言う。

確かに名誉なことではあるし店の看板にもなる。三十両という金額も妥当といえば妥当かもしれないが、扇屋の主人とすれば狐に騙《だま》されたような心地だった。

「末代まで、当店の家宝となりましょう」

それでも、伏し拝んで御礼を言うより他になかったのだ。

その間もやはり高隅外記は何も言わない。まるで影のように目立たない。

だが、その佇《たたず》まいがかえって菊野の目を惹いた。このお侍はいったいどういうお人なのだろう、と、一流の芸者ならではの観察眼で見つめた。

と、その時であった。

「なんじゃ、あの騒ぎは」

栗ヶ小路が窓に顔を向けた。外の通りから賑やかな管弦の音と、謡い騒ぐ声が聞こえてきたのだ。

菊野は主人に耳打ちする。

「卯《う》之《の》さんですよ。源《げん》之《の》丞《じょう》様の無罪放免のお祝いだってんで、深川に乗り込んできたんでござんすよ」

ヤンヤヤンヤの声が扇屋に近づいてきた。いつものように大勢の芸者や幇間《ほうかん》を引き連れて練り歩いている。

「三国屋の若旦那だァ」

「いよっ、金撒《かねま》き大明神！」

一方で栗ヶ小路は機嫌を損ねている。

「ええい、騒々しい。この栗ヶ小路中納言が在楼しておるのじゃ。静まるように申して参れ！」

菊野は笑顔で首を横に振る。

「ここは深川。面白おかしく遊んでいるお人を咎《とが》める法はございませんよ」

「癪《しやく》に障《さわ》るでおじゃる」

栗ヶ小路は立ち上がって障子を開けた。途端に、凄まじく派手やかな〝練り歩き〟が目に飛び込んできた。

車輪のついた山車《だし》が引かれている。紅白の布と花とで飾られていた。山車の上には一人の男が優美な姿で舞っている。

同じ山車に乗った幇間が盛んに声を張り上げた。

「さぁさぁ皆様、梅本《うめもと》源之丞さま御放免のお祝いにございますよ〜。富ヶ岡《とみがおか》八幡宮の御利益にございます。さぁさぁ皆様、八幡様を褒めやんしょう！」

山車の周りでは芸者衆が鐘《かね》や三味線《しやみせん》を鳴らしている。

酒樽《さかだる》が運ばれてきた。源之丞が木槌《きづち》を振り下ろして樽を割り、中の酒を杓《しやく》で掬《すく》って皆に与え始めた。

「俺の奢《おご》りだッ、飲んでくれ！」

酔客たちは湯呑茶碗を差し出して祝いの酒にありつこうとする。源之丞は豪気な男だ。茶碗から溢れるのも気にせず注いでやった。

その間も山車の上では卯之吉が金扇《きんせん》を手にして踊っている。

栗ヶ小路は「ややや？」と叫んだ。

「あれは御用取次役の八巻ではないかッ。商人の姿で遊んでおるぞッ」

深川の人々は三国屋の放蕩《ほうとう》息子だとしか思っていない。

菊野だけが理解していて、栗ヶ小路の耳元で囁いた。

「あのお姿がご本性でござんすよ」

栗ヶ小路は悔しそうに唸る。

「八巻め！　公家には窮乏を強いておきながら、己のみ栄耀栄華《えいようえいが》を極めんとする

でおじゃるかッ。将軍家の増長、辛抱できぬッ」

実際には将軍家も窮乏していて、栄耀栄華を極めているのは商人だけなのだ

が、そんなこととは思わない。目の前で将軍の側近が大金を散財しているのだか

ら誤解されても仕方がない。

「おのれぇ～ッ、許しおけぬッ。麿が恥をかかせてくれるでおじゃる！」

栗ヶ小路は座敷を蹴立てて出ていった。階段をドタバタと駆け下りた。青侍たちもついていく。座敷には高隅外記だけが残された。

端然と座している。菊野はそっと身を寄せて銚釐を向けた。

「菊野でござんす。どうぞ御一献《ごいっこん》」

高隅はようやく盃を手にして受けた。

「島津家用人、高隅外記である」

菊野は（おやおや）と思った。三国屋に十万両の借金を頼みにきた男ではないか。世間は狭い。

菊野は高隅の顔を見た。陰鬱《いんうつ》な表情だ。

（島津様はただ今、三国屋からの貸しはがしに遭《あ》っているはず……。不機嫌なお顔になるのも仕方ないね）

高隅が菊野にジロッと目を向けてきた。

「ひとつ訊きたい」

「なんなりとお答えいたしましょう」

「あの男は、本当に将軍家の御用取次役なのか」

「卯之さんですか？　ええ、そうですすよ」

隠すことでもないので菊野はあっさりと答えた。

高隅は眉をひそめた。

「酔客どもは、三国屋の若旦那と呼んでいるようだが？」

「どちらも本当の卯之さんなんでございますのサ」

「江戸一番の豪商が、御用取次役に抜擢された、ということか」

「御用取次役は、生まれた家の格を問われないのでございましょう？　そう仰る御用人様もご同様だったはずでは？」

高隅は答えず、飲み干した盃をそっと伏せた。

二

栗ヶ小路中納言は人ごみをかき分けて前に突き進む。酔客たちにとってはいい迷惑だ。

「なんでぇこの神主は！　乱暴な野郎だぜ」

立烏帽子に狩衣《かりぎぬ》の栗ヶ小路を見て、神主と勘違いをした。

栗ヶ小路は山車の上の卯之吉に向かって叫んだ。

「無礼者めッ、下りてまいれッ」

卯之吉はヒョイと首を伸ばして栗ヶ小路を見た。

「おや。栗ヶ小路様ではございませぬか。あなた様も深川でお楽しみですかえ」

「たわけがッ。そのほうの騒ぎのせいで麿の楽しみが台無しでおじゃるぞッ。腹の虫が治まらぬッ。麿と勝負をいたせッ」

「勝負ですかえ？」

酔客たちが「おいおい」と言いながら集まってきた。

「無粋《ぶすい》なことは言いっこなしだぜ神主さんよ。みんなで楽しく飲んでるんだ。喧嘩はナシでやろうじゃねぇか」

大工の半纏《はんてん》を着た男が仲裁に出てきたところを、栗ヶ小路は長い袖を振って遮った。

「誰が喧嘩で勝負をつけると言うたでおじゃるかッ。舞いで勝負をつけるでおじゃる！　栗ヶ小路家の家職《かしょく》は舞楽《ぶがく》でおじゃるぞ！」

公家の家にはそれぞれ宮中に伝わる職能を担う義務がある。それを家職と呼んでいた。栗ヶ小路は舞いを家職としていたのだ。

卯之吉が「ほう！」と声をあげた。

「それは面白そうですねえ。あたしも踊りにはちょっとばかりの自負がございますよ」

「愚か者めがッ。舞いで京風に勝てると思うておじゃるのかッ。麿に恥をかかせた恨みは忘れておらぬぞッ。今宵はそのほうに恥をかかせてくれるでおじゃる」

卯之吉が山車から下りてきた。通りの真ん中で栗ヶ小路と見つめ合う。

「なんだかわからねぇが面白いことになってきやがったぜ！」

酔客たちが大喜びで取り巻いた。

深川の芸者衆が伴奏する中、栗ヶ小路と卯之吉が舞い競う。栗ヶ小路は宮中に伝わる典雅《てんが》な舞踊だ。唐楽《とうがく》の走舞《はしりまい》。片手に抜き身の短刀を握る。狩衣の袖を優美に振り、足踏《あしぶみ》をして前傾し、一寸《ちょっと》して摺《す》り足で戻した。天平《てんぴょう》の公達《きんだち》もかくやと思わせるほどの優美さだ。

習い憶えた雅楽ではない。三味線と太鼓に合わせるのは難しいであろうが、そこは名手。悠々と舞い踊っている。

一方の卯之吉は江戸風だ。出雲阿国《いずものおくに》のややこ踊りを源流とする軽やかな舞いである。スッキリとして心地よい。静と動、古風と今様《いまよう》。不思議なことに息がピッタリと合っていた。

「見事なもんじゃねぇか！」

江戸っ子たちも見惚《みと》れている。

競い踊っても優劣がつかぬと見て取った栗ヶ小路は、小鼓《こつづみ》を手にして打ち鳴らしだした。

「いよう！」

肩に載せた小鼓がポーンと音を立てる。ポポポンポーンと小気味よく打ち鳴らされる中、卯之吉は一糸《いっし》乱れずに舞い踊った。

これには見守る芸者衆も黄色い声を上げてしまう。

「三国屋の若旦那のなんてお美しいお姿！　まるで天人《てんにん》のよう！」

続いて卯之吉が三味線を手にしつつ、常磐津節《ときわづぶし》の喉を利かせる。

東国の拍子にもかかわらず栗ヶ小路は、まったく動揺もせずに舞いきった。足運びも平仄《ひょうそく》にも揺るぎがない。

「お見事なもんや！　さすがはお公家様やなぁ」

大坂商人らしいお大尽《だいじん》が感嘆している。

二人が踊り終えると、どちらがより上手かで口論が始まった。江戸っ子と上方出身者でおおよそ評価が二分されている。

喧噪《けんそう》を余所《よそ》に卯之吉は栗ヶ小路に微笑みかけた。

「どうやら勝負つかず、ということでしょうか」

引き分け、という意味だ。栗ヶ小路は「ふん」と鼻を鳴らした。

「今日のところは将軍家の面目に免じて、引き分けにしてやるでおじゃる」

栗ヶ小路は悔し紛《まぎ》れに高笑いの声を響かせた。

「帰るでおじゃるぞ！」

栗ヶ小路の乗物がやってくる。青侍たちが「退け退けィ」と権高《けんだか》に酔客たちを叱りつけていた。

栗ヶ小路は乗物に乗り込む。扇屋の主人の久兵衛が見送りに出てきた。

菊野も艶然《えんぜん》と微笑んで腰を折った。

「またのお越しを、心よりお待ち申し上げております る」

二人で去りゆく乗物を見送った。

卯之吉もほんのりと笑みを浮かべている。何も考えていない顔つきだ。

その目の前を高隅外記が通りすぎようとした。卯之吉は「おや？」と表情を変えた。

「薩摩のお人ですね？」

奄美大島《あまみおおしま》産の鬢《びん》付《つ》け油の匂いに気づいたのだ。だから、なんの気なしにそう言った。

しかし、言われたほうの高隅はそうは受け取らなかった。

「さすがは御用取次役様。拙者の顔を御存じでございましたか」

足を止め、卯之吉に向き直って、折り目正しく低頭した。

「お初にお目にかかる。ご炯眼《けいがん》のとおり、いかにも拙者は島津家用人、高隅外記にござる」

「えっ、ああ……」

さすがの卯之吉も少しばかりうろたえた。

「そうでしたかえ」

三国屋からの十万両の借財と、公金貸付の十万両を断ったのは卯之吉である。

「島津様にはお気の毒なことをしてしまいましたねぇ」

「何の話でございましょう」

高隅外記は無表情だ。腹の底では思うところがたくさんあったであろうが、表情には出さない。

一方の卯之吉は、普通の人間なら言いにくいことでも口に出してしまう。

「二十万両の借財がダメになってしまったうえに、抜け荷商いの御用商人だった但馬屋《たじまや》さんは闕所遠島《けつしょえんとう》……」

闕所とは財産を全没収される刑。そのうえ終生遠島の御沙汰が下されていた。

「島津様には、本当に、お気の毒なことです」

それらの経済事件のすべてを暴いたのは卯之吉だ。そうなのだけれど、今は本気で、島津様は大変なことになったなぁと思っている。

ある意味では極めつきに無神経な男だ。

高隅外記とすれば、嫌みを言われているようにしか感じない。

「ご案じ召されるな。島津家は小揺るぎもいたしませぬ。打つ手は他にいくらでもございますゆえ」

「そうですかね」

卯之吉は安堵《あんど》して笑みを浮かべた。本当に心から微笑んだだけなのだが、当然、高隅外記は、そうは受け取らなかった。小馬鹿にされ、挑発されたと受け取った。

「島津をご案じくださるよりも、ご自分の足元をご心配なさるがよろしゅうございましょう」

「どういう意味ですかえ」

「ご公儀の天下が磐石《ばんじゃく》なのは、この日本に敵がおらぬからこそ。今、日本には異国が食指を動かしておりまする。異国への対処を過《あやま》てば、こんな小さな島国の将軍家など、たちまち滅びてしまいましょうぞ」

　卯之吉はのほほんと笑っている。

「日本は井戸、将軍家は〝井の中の蛙《かわず》〟だと仰りたいのですかえ」

　高隅外記はあくまでも無表情だ。

「あなた様も江戸の豪商であるならば、日本を取り巻く商いの実情がお分かりのはず。日本は異国の商いの力に飲みこまれようとしている。あなた様も身の振り方をお考えになるべきだ」

「なんと仰《おお》せで？」

「公儀に身を寄せるよりも、新しい世に賭けるほうが賢明ではござらぬか。僭越《せんえつ》ながら、拙者は左様にご助言いたす」

「新しい世で新しい商いですか。それも面白そうですねぇ」

　高隅外記は無言で一礼すると立ち去った。栗ヶ小路の乗物の列の後ろについていく。

卯之吉は「ふぅん」と感心したような顔となった。

「ああいうお人もいらっしゃるのですねぇ。琉球で商いを差配していると、海の外に向かって目が開けるんですかねぇ……。銀八《ぎんぱち》」

銀八を呼ぶ。銀八は「へいへい」と滑稽な足どりで寄ってきた。

「あたしは琉球に行きたくなったよ。琉球で異国のお人を相手に商売をするってのも面白そうだ」

銀八は「げえっ」と奇怪な悲鳴をあげた。

琉球にまでお供をさせられてはかなわない。

「さぁて、栗ヶ小路中納言様のお陰で盛り上がってきたね！　今宵は朝まで踊り明かすよ！　なんといっても源さんの御家が改易《かいえき》にならずにすんだお祝いだからね。派手にやろう！」

銀八は「そういえば……」と首を左右にキョロキョロと振った。

「その源之丞様は、どちらに行かれたんでげすかね。さっきからお姿が見えねぇでげす」

祝いの主賓がいない。しかし卯之吉にとってはどうでもいい。自分が楽しければそれでいいのだ。

「さぁさぁ皆さん！　踊りましょう」

芸者衆に三味線の演奏を促して踊りだした。

源之丞は一人、闇の中を駆けていく。

深川は江戸の郊外に位置している。東に広がるのは広漠たる原野であった。

提灯《ちょうちん》を先頭に掲げて栗ヶ小路の行列が進んでいく。源之丞は巨木の陰に身を潜めた。

眼光鋭く睨みつけている相手はお供の者たちだ。

「……あの物腰、あの足の運び、見覚えがあるぜ」

間違いない。漁師町で戦った異国の凶徒たちだ。命のやりとりをしたのだ。見間違えるはずもなかった。

「京の公家と、異国の曲者《くせもの》が、どういうわけで繫《つな》がってやがるんだ？」

京の公家はこの世でいちばん異国人を嫌っているはずの人々だ。

ともあれ自分を襲った悪党どもは見過ごしにできない。刀の鞘《さや》を抜刀しやすいように差し直す。斬りあいも辞さぬ覚悟だ。

「せっかく無罪放免になったってのに、息継ぐ暇もなく中納言家を相手に大喧嘩か。この前の評定所《ひょうじょうしょ》は卯之さんのお陰で切り抜けることができたが、この次は、とうてい無事では済まされねぇだろうな」

とは思うが、それで自制するような男ではない。

大きく前に走り出そうとした、その瞬間だった。源之丞の前にフラッと白い影が立ち塞がった。

「うっ」

源之丞は思わず飛びのく。刀の柄《つか》に手を伸ばした。

「て、手前ぇは……ッ」

その男は薄闇の中に立っていた。黒漆塗りの立烏帽子に白絹《しろぎぬ》の狩衣。顔は白粉を塗りたくり、額に置き眉を描いている。朱《しゅ》を塗った唇がヌメヌメと光っていた。

まるで陽炎《かげろう》のように揺らめいて見える。夢か幻のようなその姿。

「清少将《せいのしょうしょう》！」

源之丞が叫ぶと、その公家は「おや？」という表情を浮かべた。

「麿の顔を存じておじゃるのか」

細い指で自分の頬をそっと撫でる。そして冷やかな目を源之丞に向けた。微笑を浮かべたように見えた。

源之丞は警戒して後ろに飛びのく。清少将の居合抜きは脅威だ。間合いに入れば瞬時に斬りつけられてしまう。

「なにを寝ぼけたことを抜かしていやがるッ。手前ぇ、生きていたのかッ」

すると公家はますます意味ありげに笑みを浮かべた。

「なるほど……。麿の家とは浅からぬ悪縁をお持ちのようでおじゃるな」

「抜かしやがれッ」

源之丞は大太刀《おおだち》を引き抜いた。

「何度も何度も生き返りやがって！　今度こそ地獄に送ってやらあ！」

ブンッと大太刀を振り下ろした。

公家は長い袖を翻《ひるがえ》して飛びのいた。

「なんたる乱暴、理非《りひ》も弁《わきま》えぬ所業か。将軍家の江戸では、刀を抜くことが禁じられておると聞いておじゃったが……」

公家はスラリと刀を抜いた。細身の刀身が月光を反射してキラリと光る。

源之丞はかまわずに斬りかかる。公家はヒラリと舞いながら斬撃をかわした。

源之丞の太刀は空振りした。

「おおい！　斬り合いだぞッ」

酔っぱらいの声がした。深川に通う酔客が通りかかったのだ。

深川は夜でも人通りが多い。派手に戦えば当然に目立つ。

公家はスルスルッと後退した。

「訳あって麿の姿を公儀の者に見られるわけにはゆかぬ」

「待てッ」

源之丞は追おうとしたが、たちまち姿を見失ってしまった。

「クソッ、逃げ足の早い野郎だ」

街道にも目を向ける。栗ヶ小路中納言の行列も見当たらない。代わりに深川から会所《かいしょ》の男衆《おとこし》が駆けてきた。

会所とは自治会の公民館のようなもので、自警団の男たちが詰めている。騒ぎがあると六尺棒や刺股《さすまた》を手にして出動する。

源之丞は栗ヶ小路の行列を追いかけたい。だが、会所の男衆を押し退けて通ったなら、もっと大きな騒動になってしまう。ただでさえ今の源之丞は公儀に睨まれている。

男衆が提灯を突きつけた。

「あっ、源之丞さんじゃねぇですかい。まぁた喧嘩ですかね、困ったお人だ」

乱暴者の源之丞は会所の馴染みだ。

「清少将がいたのだ。町奉行所にも報せてくれ」

男衆は呆れ顔だ。

「なに馬鹿なことを言っていなさるんです。清少将なら八巻の旦那が討ち取ったでしょうに」

少将を斬ったのは幸千代《ゆきちよ》だが、表向きには剣豪同心の八巻が斬り捨てた、ということになっている。将軍の弟が刀を抜いて大暴れしている、などという真実を知られては困るのでそういうふうに取り繕ったのだ。

「悪酔いしてるんじゃねぇんですかい？　酒の毒が溜まると、夢と現《うつつ》の区別がつかなくなるっていいますぜ」

「そこまで酔《よ》い痴《し》れちゃいねぇよ」

源之丞は大太刀を鞘に戻した。

三

江戸では木枯らしが吹き荒れている。伊豆半島沖のアメリカ艦隊も激しい北風に晒《さら》されていた。さしもの巨船も風を受けて揺らいでいた。

「衝突に注意せよ！　カンテラに火を入れよ。各艦は艦尾と艦首の灯火を絶やすな！」

トマス提督が指示を出す。夜空には月もない。船に掲げた灯火だけが頼りだ。

副官がブリッジに上がってきた。

「報告します！　難破したスクーナー船の乗員は、すべて救助いたしました」

トマスは渋い表情だ。

「スクーナー船の曳航《えいこう》は不可能なのか」

「東アジアには合衆国の港がございません。修理のために使えるドックがないのです」

「日本の大君《タイクーン》に高値で売りつけることはできぬかな。日本人は半壊した船でもありがたく買うだろう」

「大君のお考え次第でしょうな」

などと語り合っていたその時。

ドーン、と大砲の音が海上に轟いた。

トマスは窓の外に顔を向ける。

「撃ったのはどの艦だ？　何に向けて撃った？」

梯子を使って指揮所に上る。ブリッジの屋根の上だ。続けざまに砲撃の音がした。

指揮所では通信員がカンテラの蓋をパタパタと開け閉めしている。灯火を使ったモールス信号で他の軍艦と情報のやりとりをしていた。

通信士官がトマスに報告する。

「我らの艦隊には、発砲をした艦はありません！」

「それなら敵の軍艦からの砲撃かッ」

「提督！　あれを」

別の士官がスクーナー船を指差した。

砲撃をくらったスクーナー船が壊れて沈んでいく。

もはや疑う余地もない。アメリカ艦隊は敵の攻撃を受けているのだ。

マストで見張り員が叫んだ。

「敵艦発見！　十一時の方向！」

指揮所にいた全員が望遠鏡を目に当てた。

謎の船が帆を高く上げて進んでいる。その船体が炎を噴き上げた。大砲を発射したのだ。

副官が叫ぶ。

「発砲影《はっぽうえい》！　砲弾に注意！」

スクーナー船の近くに水柱が上った。白い飛沫《しぶき》がトマスの所まで飛んできた。

掌帆長《しょうはんちょう》が甲板の水兵に向かって叫ぶ。

「帆を展開しろ！　船速を上げるのだッ」

水兵たちがマストをよじ登っていく。

砲術士官は砲兵たちに発令する。

「砲撃用意！　砲門、開けッ！」

船体の扉が開かれて大砲がいくつもヌウッと突き出されてきた。

「提督！　戦闘準備完了しました！」

副官が報告する。しかしトマスは攻撃命令を出すことなく、望遠鏡を下ろした。

「敵は逃げた。ヒット・エンド・ランだ。今から追っても間に合うまい」

アメリカ艦隊はこれから帆を張っても速度が出るまで時間がかかる。なにしろ巨大な軍艦は重量があるのだ。

敵の船は遠ざかり、闇の中に姿を消した。

副官が被害状況を報告した。

「スクーナー船は手の施しようもありません。自沈させるしかないと判断いたします」

自分たちの手で海に沈めて処分する。副官は沈鬱な表情だ。

「江戸の大君は、和平の使者を寄越すと約束しながら軍船を寄越しました。いったいどういう魂胆でしょうか」

トマスは激怒を隠さない。

「合衆国は開戦を厭《いと》わぬぞ。戦争の準備だ。副官、水兵たちに上陸戦の用意をさせよ！」

「アイアイ！」

副官は急な階段を駆け下りていった。

四

江戸から常陸へ水戸《みと》街道が延びている。栗ヶ小路中納言の行列は宿場町の陣屋に入った。

陣屋とは〝大名が宿泊できる格式〟を持った旅籠《はたご》のことだ。江戸時代は身分によって使用する部屋の構造や調度品まで決められていた。偉い人物ともなると、簡素な旅籠に泊まることもできないのだ。

栗ヶ小路は身分を隠すこともなく堂々と旅を続けている。

律令《りつりよう》時代、常陸国や上総国《かずさのくに》、安房国《あわのくに》（併せて現在の茨城県と千葉県の大部分）は天皇家の直轄領地であった。天皇家に保護されて幣《へい》を受ける神社もたくさんあった。であるから公家が神社を巡っていても「上納金を集めに来たのだな」としか思われず、怪しまれることもなかった。

陣屋の座敷に入るなり、栗ヶ小路は酒を飲み始める。機嫌は悪い。

「……おのれ八巻め。将軍家御用取次役の正体は江戸の高利貸しであったか！」

帝も公家も経済的に逼迫《ひつぱく》している。金貸しに頼らねば生活もままならない。そして厳しい取り立てに苦しめられている。商人の経済力に圧倒されて辛酸を舐《な》めるばかりだ。

だからこそ商人が憎い。中でも金融業がいちばん憎い。

「八巻め！　三国屋め！　金ならいくらでもあるはずなのに、麿からの借財は、にべもなく断りおった！　公儀は金を貸せぬと抜かしおったのだッ」

卯之吉の取り澄ました顔を思い出すたびに腸《はらわた》が煮えくり返る。

「この恥辱！　いかに晴らしてくれようかッ」

ギリギリと歯ぎしりをしていたところに青侍がやってきた。廊下で平伏する。

「申しあげます！　異国の者どもが立ち騒いでおりまする」

「なんじゃと？」

栗ヶ小路は耳を澄ませた。確かに本陣の裏庭から騒ぎ声が聞こえてきた。

「なんと申しておるのじゃ」

「島津が約束した金子《きんす》を払うのかどうかを、疑っておるようにございます」

「かようなことは高隅に訊くが良い」

「かの悪党どもは越後の梅本領より抜け荷を運んでまいりました。抜け荷が公儀によって没収されたことも知っております。高隅様の手許に金がないことを見透かしたのでございましょう」

「悪党どもめ。銭を払わねば動かぬと申すか。無法者どもの腐った性根は、いずこの国でも同じでおじゃるな」

悪態をつきつつ盃を口にしたその時、

「ふむ。妙案を思いついたでおじゃるぞ」

栗ヶ小路はニンマリと悪相で笑みを浮かべた。

「悪党どもを二つの組に分けて、ひとつの組には三国屋を襲わせるでおじゃる。三国屋には小判が山と積まれておる。奪い取ってまいるがよいぞ」

気軽に言ってのけた。青侍は不安そうに表情を曇らせる。

「されど中納言様。あなた様がそのような悪事を唆《そそのか》したと知れましたなら、帝のお怒りも凄まじいものとなろうかと……」

「たわけ！　悪事を働くのは異国から来た悪党どもであろうが。栗ヶ小路家が裏で糸を引いているとは誰も思うまい。なんのつながりもない我らじゃ」

「確かに、仰せのとおりにございますな」

「いずれにせよ、悪党どもの欲は満たしてやらねばならぬ。おざなりにしておいたならば、この麿が襲われることにもなりかねぬ」

「これもまた仰せのとおりかと」

「ならばそのように謀《はか》るがよい」

青侍は平伏して去った。

＊

翌日の夜。日中は賑わう江戸の町も、夜四ツ（午後十時ごろ）になるとさすがに人の気配が絶える。商家が並んだ目抜き通りですら、墓場のように静まり返っていた。

静かな夜でも町奉行所の同心たちは夜回りを欠かさない。

「もうヘトヘトですよ。同じ町内を何回見回りさせるんです？」

ぼやきながら歩いてきたのは新米同心の粽三郎《ちまきさぶろう》だ。精も根も尽きはてた、という表情を浮かべていた。

「情けないこと言いやがって、村田《むらた》さんに聞かれたらどうする。口を慎めよ」

注意したのは尾上伸平《おがみしんぺい》である。しかしこちらも仕事熱心ではない。

粽は「もう嫌だ」と駄々っ子のように首を横に振りたくった。

「八巻さんが欠勤を続けているから、新入りのオイラにたくさん仕事が押しつけられるんですよね！　勘弁してくださいよ」

「馬鹿を言えよ。八巻がいたら、もっともっと仕事が増えるぞ。アイツの尻拭いで江戸中を走り回ることになるんだ。八巻がいないだけでもありがたく思えよ」

尾上も疲れ切っている。粽と同様に愚痴《ぐち》もこぼれる。

「抜け荷の黒幕だった但馬屋善左衛門《ぜんざえもん》が、北町のお奉行のご詮議で捕らえられたからなぁ」

実際には卯之吉の活躍で悪事が暴かれたのだが、評定所での出来事は、同心にまでは伝わらない。北町奉行の詮議で悪事を暴いて捕らえたように誤解されていたのだ。

「村田さんとすれば、手柄を横取りされた心地だろうさ。だから意地になって夜回りを続けるってわけよ」

「抜け荷の罪人が捕まったんですから、もういいじゃないですか」

「俺に言うなよ。村田さんに言えよ」

などと言い合いながら歩いていると、通りの向こうから村田銕三郎《てつさぶろう》がやってきた。途端に、怠《なま》け同心二人の背筋がピンと伸びた。

村田の目がギラリと光る。

「何か怪しい気配があったか」

「いいえ！　粽と二人で目を皿のようにして見て回りましたが、悪事の気配はどこにもございませんでしたッ」

「ふんっ、どうだかな。もう一度見て回るぞッ」

やはり、手柄を立て損ねて怒り心頭に発している様子である。一人でいきり立っている。尾上とすれば（いい加減にしてくれ）という思いだ。実際に思いが顔に出た。村田が背中を向けていたので助かった。

と、その時であった。

「あっ、あれは？」

粽が彼方を指差した。村田と尾上も目を向ける。

闇に包まれた道の真ん中に一人の男が立っていた。常夜灯の光が照らしている。立烏帽子に白い狩衣を着けた公家の姿だ。

「あぁっ」

尾上も叫んだ。

「村田さんッ、清少将ですよ！」

村田も目を剝く。見忘れるはずもない、江戸を震撼《しんかん》させた人斬りだ。凶悪な殺人鬼であった。

「野郎ッ、生きていやがったのかッ」

村田と尾上が走り出す。粽だけが一拍遅れる。「えっ」とか「あっ」とか言った後で、状況を飲みこんで二人を追いかけた。

怪しい影も身を翻す。路地の闇の中に逃げ込んだ。

「待てッ」

村田が駆けていく。尾上は注意を促した。

「相手は剣の達人ですよッ！　気をつけてくださいッ。粽も気をつけろッ、迂闊《うかつ》に追いついちまったらバッサリやられるぞッ」

まるで追いついてはいけないと言っているかのようだ。

村田は路地の前に立つ。

「いねぇぞ！」

確かにここに逃げ込んだはずなのだが。

「尾上！　粽！　手前ぇらは路地の出口に回り込めッ」

言うやいなや十手《じって》を構えて飛び込んでいく。尾上と粽は互いに顔を見合わせた。

五

千両箱を積んだ荷車が車輪の音を軋《きし》ませながらやってきた。

車を引いているのは三国屋の奉公人たちだ。手代の喜七が先頭に立ち、提灯を翳《かざ》して進んでいく。

「なんだか薄ッ気味の悪い夜だねぇ」

菊野の姿もあった。三国屋の看板を着けている。看板とは衿に屋号の入った半纏のことだ。

喜七が答えた。

「貸付金の算用に思ったよりも時がかかってしまいましたね。算盤が達者な菊野姐《ねえ》さんが一緒で助かりましたよ」

取引先の商人に貸した金と利息を合わせて回収してきた帰り道なのである。

雲が月を隠した。夜道はますます暗くなる。

「水谷《みずたに》様も源之丞様もお留守ですし。心細いことです」

喜七がぼやくと菊野は列の最後尾に目を向けた。

「頼りになる用心棒がいるじゃないのサ」

美鈴が歩いている。まったく油断の感じられない足運びだ。

「用心棒としては頼りになるんですがねぇ……。算盤のほうがちょっとねぇ」

美鈴は、家事全般と算盤と読み書きが不得意だ。武芸だけに能力が集中しすぎている。札差《ふださし》にして両替商の三国屋の嫁としては、ちょっとどうかと言わざるを得ない。

「それにしても姐さん、深川のお仕事には行かなくてもよろしいので？」

深川芸者としては、今の時分が稼ぎ時であろう。

菊野は困ったような顔を夜空に向けた。

「御用取次役の八巻様のご活躍で、抜け荷の闇取引が深川で行われていることが露顕しちまったからねぇ。今の深川には北町奉行様のお取り調べが入っているのサ。そんな所に顔を出したって良い事は何もないからね。芸者もしばらく休業なのさ」

「八巻様のせいで、とんだとばっちりですね」

喜七が珍しく冗談を口にしたので菊野も「ふふふ」と笑った。

そのとき突然、美鈴がスッと音もなく行列の前に走り出てきた。

「ど、どうかしましたか、美鈴さん」

美鈴は眼を前方の闇に向けている。

「曲者だッ。喜七、荷車を停めろッ」

口調が男言葉に変わっている。闘争の場に置かれると自然とそうなってしまうということを、喜七と菊野も知っていた。

喜七はビクビクしながら前方の闇と美鈴とを交互に見た。美鈴は腰の刀に手をおいて、グイッと鯉口《こいぐち》を切った。刀を引き抜く。

雲が流れて月光が夜道を照らした。立烏帽子に狩衣姿の怪しい人影が浮かび上がった。

喜七は仰天した。

「清少将！」

思わず腰を抜かしてしまう。

「し、死んだはずなのに……墓場から蘇ってきた！」

すると公家はニヤリと笑った。

「ここにも……麿の顔を見知った者がおったか……」

美鈴が踏み出す。

「何を言うかッ。悪行の数々を忘れたとは言わせぬぞッ」

公家は長い袖をスッと振って彼方を指差した。

「麿をかまっている暇はあるまいぞ。本物の悪党どもが襲いかかってきたでおじゃるぞ」

大勢の荒々しい足音が迫ってきた。皆の耳にもはっきり聞こえた。

「う、後ろからも曲者ですよッ」

喜七が震え声で叫んだ。全身黒ずくめの集団が武器を手にしてやってくる。その数は五人。全員がおぞましい殺気を放っていた。

美鈴は押し寄せる曲者たちにも身構える。謎の公家に対する警戒も怠ることができない。意識を前と後ろに交互に向けつつ、慎重に足を運んでいった。

菊野も帯に差してあった懐剣《かいけん》を抜いた。逆手に握って身構える。

「キエーッ！」

奇怪な声を張り上げながら曲者の一人が斬りかかってきた。菊野は懐剣で斬撃を弾くと素早く身を翻した。突っ込んできた曲者が勢い余って蹈鞴《たたら》を踏む。

そこへすかさず美鈴が一刀を繰り出した。

「エイッ！」

菊野と美鈴、息の合った戦いぶりだ。

しかし敵も然《さ》る者、美鈴の刀をギインッと打ち払うと急いで距離を取る。別の曲者が鉄棒を振り回しながら襲ってきた。今度は美鈴が跳躍して避《よ》けた。

振り下ろされた鉄棒がガツンと地面を打った。鉄の棘《とげ》がいくつもついている。日本では見たことのない武器だ。

乱戦が始まった。美鈴は剣の達人、菊野も小太刀を使っての護身術は身につけている。しかし凶賊の五人が相手では分が悪い。

三国屋の奉公人は頭を抱えて逃げ回る。道の脇に積まれてあった用心桶を投げつけて応戦する者もいた。思わぬ混乱に曲者たちも勝手が悪い様子だ。

喜七は懐をまさぐると呼子笛《よびこぶえ》を摑む。空に向かって吹き鳴らした。甲高い音が近隣に響いた。

「あれッ、村田さん。あそこでなんだか大喧嘩をしていますよ」

聞き覚えのある声がした。南町の御用提灯が道の先で揺れている。粽と村田の二人連れだった。

「胡乱《うろん》な者どもッ、何をしていやがるッ」

村田がいきなり激怒して突っ込んできた。駆けつけるなり十手を振って曲者の一人を打ち据えようとした。

「村田さん、事情もわからないのに乱暴ですよ……！」

粽はオドオドとしている。

曲者は湾曲《わんきょく》した刀で村田の打ち込みを迎え撃った。村田の打ち込みに怯《ひる》まず、逆に踏み込んで湾曲刀《とう》を振るう。村田は身を仰《の》け反《ぞ》らせて、すんでのところで避《よ》けた。首筋スレスレを刃先が通り抜けていった。

「この野郎めッ」

村田はますます激怒する。十手では太刀打ちしがたいと考えて腰の刀を抜いた。

同心の刀は〝刃引き〟といって刃をわざと潰してある。殴って生け捕りにするためだ。峰打ちにする手間を省くことができる。村田はいきなりズンッと踏み出して鋭い一撃を繰り出した。

曲者の湾曲刀を力任せに弾く。

「うおりゃ、りゃあッ」

ドン、ドンッと二段に踏み出して続けざまに刀を繰り出した。曲者の肩をきつく打つ。打撃をくらった曲者は、聞いたこともない言語で悲鳴をあげた。

尾上が番屋の男たちを連れて駆けつける。呼子笛を聞いたのだ。

粽も急に勇気を貰《もら》って十手を突き出し、「御用だ！　御用だ！」と叫んで回った。

曲者たちは不利を悟った。頭目らしい男が異国の言葉で叫ぶ。一斉に身を翻して逃げていく。

「待てッ」

村田が追いかけようとしたが、三国屋の奉公人にしがみつかれてしまった。

「お役人様ッ、お助けを！」

「邪魔だッ」

曲者たちの襲撃にとって邪魔となった奉公人たちは、今度は同心たちの邪魔となった。そうこうする間にも曲者は屋根や生け垣を飛び越えて姿を消した。村田は苛立《いらだ》たしげに鼻息を噴いて、刀を鞘に戻した。

荷車の一行に目を向ける。

「なんだ。お前ぇたちゃあ三国屋じゃねぇか」

喜七は何度も頭を下げた。

「危ういところをお助けいただきました。お礼は、後ほど、内与力《うちよりき》の沢田彦太郎《さわだひこたろう》様にお届けにあがります」

村田は賂《まいない》には関心の薄い男だ。悪党退治を生き甲斐《いがい》としている。

「俺たちは清少将を追ってきたんだぜ！　こっちに来なかったか」

「あっ、それでしたら！」

「見たのか。すると、この襲撃も清少将の仕業か！」

するとと菊野が首を傾げた。

「それはどうでしょうかねぇ？」

今まで懐剣で斬り結んでいたとは思えぬ艶冶《えんや》な風情《ふぜい》で細い首を傾げている。

「なんでぇ姐さん。俺の見立てに間違いがあるって言いてぇのか」

「ええ。少将があたしたちの前に現われたのは、ただの偶然。旦那方に追われて、この通りに追いこまれてきたんじゃないんですかねぇ」

「三国屋の千両箱を狙ってきたんじゃない、ってのか」

「少将は、あたしたちの荷車を曲者が狙っていると気づいて、忠告までしてくれたんですよ」

「あの大悪党が忠告だと？　どうして三国屋に親切にするんだ。三国屋には恨み骨髄のはずじゃねぇか」

「ですから、別人じゃないのか、とねぇ……」

「別人だぁ？」

「あのお公家様は、ご自分の顔をツルリと撫でて、『ここにも麿の顔を見知った者がおるのか』って仰ったんですよ。本物の少将なら、そんなことは言わないいんじゃないですかねぇ」

「……さっぱりわからねぇな」

そこへ尾上がホクホクと笑みを浮かべながら擦り寄ってきた。

「村田さん、三国屋の荷車を送ってあげましょうよ」

粽も満面の笑顔だ。

「そうそう。まだどこかに曲者が隠れているかも知れないですからね。剣呑ですよ」

礼金を目当てにしていることは言うまでもない。

急に張り切り始めた同心二人に村田は呆れる。

「なんでぇ手前ぇら。疲れてるから屋敷に帰りたいんじゃなかったのか」

「とんでもない！　町人の暮らしを守ることこそ我らの役目！　なぁ粽！」

「そうですとも。疲れたなどと言っていられませんよ！」

喜七としても、曲者に千両箱を奪われるよりは、役人への賄賂のほうが安くつく。

「是非ともお願いいたします」

揉み手をしながら低頭した。

村田としても、襲撃された一行に向かって『自分たちだけで帰れ』とは言えない。

「仕方がねぇな。送ってやれ。俺は清少将を追う」

尾上と粽が呆れるほどの仕事熱心ぶりだ。

村田は左右に目を向けた。

「美鈴はどこに行った？　襲われている時には姿があったはずだぜ」

菊野も不思議そうにしている。

「そういえば……どこに行ったんですかねぇ？」

美鈴は忽然《こつぜん》と姿を消している。

第三章　荒海キリシタン一家

一

まるで墨を流したように暗い夜だ。原野に雨が降っている。

荒海ノ三右衛門《さんえもん》がやってきた。水谷弥五郎《やごろう》を引き連れている。

あばら家の前で一家の子分が待っている。三右衛門は雨よけの笠を脱ぎ、子分に渡すとあばら家に入った。

家の中には明かりもない。真っ暗なので何も見えない。何人かが息を殺している気配が伝わってきた。

「親分、お待ちしておりやした」

寅三の声だ。長身の黒い影が腰をかがめて頭を下げる。

三右衛門が闇に目を凝《こ》らした。

「灯《ともし》をつけろィ。何も見えねぇ」

「ですが親分、火をつけると役人どもに居場所がバレちまいやすぜ」

それに答えたのは水谷弥五郎だ。

「とっくに露顕いたしておる。取り囲まれておるぞ」

寅三は壁際に寄って板壁の割れ目から外の様子を窺った。暗がりの中に捕り方らしい人影が見えた。

「どうしやす、親分」

「田舎の代官所の捕り方なんざ、どうせたいしたことはねぇ。押し込んできやがったら逆に殴り倒してやらぁ」

子分の一人が火をつけた。魚油の灯火だ。

その場の全員の顔が照らしだされた。

金髪の若い娘と日本人の若い男を、一家の子分が取り巻いている。三右衛門は懐から瓦版を出した。描かれた絵と見比べる。

「あんたがうつろ舟の娘かい」

瓦版を娘に示すが返事はない。寅三が囁《ささや》く。

「言葉が通じねぇんでございまさぁ」

「そっちの若《わけ》ぇのは」

その若い男が答えた。

「オイラは、半左ってぇ船大工だ」

「お前ぇが半左か。オイラの旦那から聞いてるぜ」

半左が逆に質《ただ》してきた。

「親分さんたちは、キリシタンなのか」

「冗談言っちゃいけねぇ。異国人を助けたからってキリシタン呼ばわりは業腹《ごうはら》だ。オイラは神田明神《かんだみょうじん》様への参詣を欠かしたことのねぇ男だぜ」

三右衛門は金髪の娘に目を向けた。

「さぁて、なんと挨拶したものかな。言葉が通じねぇんじゃあ困ったぜ。オイラは南町奉行所の八巻様ってぇ旦那のお指図で、助けに来たんだ」

「オイラ、ちょっとだけなら通詞ができやす」

半左は三右衛門たちにはわからぬ言葉で娘に話しかけた。

三右衛門が半左の言葉に耳を傾けている。

「なんでぇ、さっきから繰り返している〝ふれんどり〟ってのは」

「味方って意味だ」

「そうかい。いかにもオイラはふれんどり。ふれんどりだぜ」

娘は緊張した顔つきながらも頷いた。半左が拙《つたな》い言葉づかいで説明し続ける。

どうにかこうにか通じた様子であった。

三右衛門に向かって娘が何かを言った。半左が通訳する。

「よろしく頼みいる、って言っていなさる」

「そうかい。頼まれちまったからにはこの三右衛門、男一匹、力になろうじゃねぇか。まぁ、大船に乗ったつもりでいてくれ、って伝えておくんな」

「親分さん」

「なんだぇ」

「この娘さんは、それはそれは大きな船に乗って日本に来たんだ。その船が沈んじまった。〝大船に乗ったつもり〟じゃあかえって不安になりゃしねぇかな」

「面倒くせぇ野郎だな！」

またか、とウンザリする。卯之吉の周りにはおかしな人間ばかりが集まる。

外の様子を窺っていた寅三が「むっ」と唸った。

「親分、捕り方が増えやしたぜ。槍まで持ち出してきやがった」

「ふん、槍ぐらい、どうとでもならぁ。おっかねぇのは鉄砲だが、この雨じゃあ使えめぇ。それにこっちにゃあ、八巻の旦那の手札があるんだ」

手札とは名刺のことだ。目明かしは同心から手札を預かっている。この手札を示せば、同心の指図で働いていることの証明となる。

「闇の中では思わぬ間違いも起こりかねねぇ。明るくなるのを待つとしようぜ。朝になったらこっちから挨拶に出向いてやらあ」

卯之吉の手札の効き目には、まったくの疑いを持っていない。南町の八巻の評判は関東中に轟き渡っている。


代官所の捕り方たちがあばら家を取り囲んでいる。

指揮を執るのは代官所手付と呼ばれる武士だった。饅頭《まんじゆう》に目鼻を描いたような丸顔だ。頬には疱瘡《ほうそう》の痕《あと》があばたとなって残っている。

代官本人は年に数度しか巡検して来ない。現地の指揮は代官所手付が務める。

「キリシタンどもめ、鳴りを潜めておるようじゃな」

手付は陣笠をかぶって蓑を着けた姿だ。雨に濡れた笠をちょっとあげて目を凝らした。

代官所に勤める者が身を屈《かが》めながらやってきた。こちらは代官所手代という身分で、地元の浪人や豪農の息子などが就任する。丸顔の上司とは正反対。四角い顔の男だった。

「近隣の村々の若い衆をかき集めましただ。総勢で五十人もおりますべぇ」

常陸国の訛《なま》りで報告した。

災害や犯罪が起こった際には地元の男たちに召集がかけられる。農民や猟師の若者が竹槍や鉄砲を手にして集まってくるのだ（こんにちの青年団や消防団と似た組織だ）。

「よしよし。よいぞ。キリシタンはご禁制。一人残らず引っ捕らえてくれる。なんなら殺してもかまわぬぞ」

「だけんど手付様。あいつらぁ本当にキリシタンなんだべぇか」

「何を言っておる。異国人を匿《かくま》うために集まってきた者どもだぞ。キリシタンをおいて外に何があろうか」

手付は丸い顔の頬を引き攣らせて笑った。

「手柄を立てて、俺は江戸に戻るのだ！」

代官所は勘定奉行所の支配下である。手付も勘定奉行所の役人だ。江戸から田舎に出向を命じられ、ほとほと嫌気が差していた。

手柄を立てれば江戸に戻って出世が叶う。そんな野心を燃やしていた。

「皆に伝えよ！　明朝、日の出とともに攻めかかるぞ」

「わかりましただ」


街道をやんごとなき公家の一行が進んできた。

高貴な身分の人物が使う乗物。笠で面相を隠した青侍たちが従っていた。

行列は関所に差しかかった。白木の棒を手にした番人が二人、旅人を検《あらた》める役に就いていた。乗物の一行を呼び止める。

「通行手形を拝見仕《つかまつ》りたい」

乗物の扉が開き、屋根が押し上げられた。立烏帽子に白粉を塗った顔がヌウッと出てくる。

「麿の顔が通行手形じゃ。麿は栗ヶ小路中納言なるぞ！　おそれ多くも帝より幣《へい》帛《はく》を預かって、安房国の一宮《いちのみや》、洲崎神社に届ける途上でおじゃるぞッ。道を塞ぐは無礼千万でおじゃろうッ」

番人は「ハハーッ！」と答えて退いた。

「ど、どうぞ、お通りください……！」

触らぬ神に祟《たた》りなし、と言わんばかりに、通行を黙認した。

乗物の屋根と扉が閉じられた。一行は静々と進んでいく。十分に遠ざかったところで栗ヶ小路は窓を開けて、乗物の脇を歩く供の者に声を掛けた。

「そのほう、名は？」

男が答える。

「五郎《ぐるう》」

琉球の言葉だ。この男は琉球人であった。東シナ海の国際公用語だった広東語《かんとん》と日本語の両方ができる。異国人ばかりの集団の通訳を務めていた。

「皆に伝えよ。キリシタンのふりをして近在の村々を襲え、とな」

直垂《ひたたれ》の懐から細い鎖の束を摑みだして渡す。鎖には十字架がつけられていた。急遽《きゅうきょ》、木を削って作った代物だが、日本人の目では贋物《にせもの》だと見分けがつくまい。

五郎はニヤリと笑って受け取った。

「オイラの仲間はみんな、加減を知らねぇ悪人《やむなん》でござぃーしが？」

「かまわぬ。盗み、殺し、火付け、なんでもありじゃ」

「心得ました。みんな、喜ぶ」

命令を伝えるために乗物を離れようとした五郎を栗ヶ小路は呼び止めた。

「奪った銭でおじゃるが……、全部自分のものにしてはならぬぞえ？　半分は麿のところに持ってくるのじゃぞ」


闇の中で冷たい雨が降っている。代官所が集めた捕り方たちが大木の下で雨宿りしていた。

代官所の捕り方とはいえ近在の若い百姓たちである。町奉行所の捕り方のように組織だった行動はできない。寒さしのぎに酒を飲んだのがまずかった。日頃の農作業の疲れもあって皆でウトウトと眠り込んでしまった。

そこへ黒い影が忍び寄る。足音は雨に紛れて聞こえない。ふいに抜き身の刃を突き立てた。

「ギャアーッ！」

絶叫が闇を切り裂いた。

代官所の手付と手代がすぐに駆けつけてきた。骸《むくろ》が三体、倒れている。手代が四角い顔を近づける。死体の息を探った。

「こと切れておりますだ……！」

別の死体の脈を取ろうとして、その手の下に十字架が落ちていることに気づいた。拾い上げ、狼狽《ろうばい》しながら手付に渡す。手付は饅頭に似た丸顔を真っ赤にさせて激怒した。

「おのれ、やはりキリシタンの仕業かッ」

歯をギリギリと嚙み鳴らしながら立ち上がる。

「鉄砲猟師を集めよ！　あばら家に鉄砲玉を撃ち込んでやる！　生け捕りにせずとも良いッ」

手代は「わかりましただ」と答えて走り出した。

二

朝靄《あさもや》の中、代官所の捕り方が動き始めた。三右衛門は壁の破れ目から外の様子を窺っている。

「銃の火縄が白煙をあげていやがるぜ」

雨は止んでいる。これでは火縄銃も使い放題だ。座敷ではアレイサが不安そうにしている。半左と一家の子分たちが守るように取り囲んでいた。

三右衛門は外に向かって叫んだ。

「やいっ、代官所の衆！　話があるッ」

返事は銃弾となって返ってきた。発砲音が連続して弾が飛び込んでくる。あちこちの柱や壁に当たった。

「撃ってきやがったぞ！」

寅三が叫んだ。皆は一斉に身を伏せた。薄い板壁では鉄砲玉を防ぐことはできない。

三右衛門は怒鳴った。

「待てぇッ！　オイラたちは江戸の南町奉行所の同心、八巻卯之吉様の手下だッ。怪しい者じゃやねぇッ」

怒鳴り声が帰ってきた。

「嘘をつくなッ、キリシタンめ！　江戸の町奉行所の同心が、なにゆえ異国人を匿うのかッ。異国船の打ち払いは徳川将軍家の祖法！　三代将軍様が定めた法度《はっと》によってそのほうどもを討ち取る！」

またしても鉄砲の一斉射撃だ。あばら家の中で顔を上げることもできない。

「あいつら正気かッ」

三右衛門は激怒する。

「やいっ、八巻の旦那の手札を確かめもしねぇのかッ」

朝靄と白煙の中からの返事。

「必要なしッ。この地の支配は代官所であるッ！　貴様たちが本当に町方同心の手先であったとしても、町奉行所の指図を受ける謂《いわ》れはないッ」

「クソッ、分からず屋め！」

三右衛門は歯噛みする。

寅三が三右衛門の長脇差を差し出した。

「親分、こうなったら切り込むしかねぇですぜ。代官所の捕り方は百姓と猟師だ。斬りあいとなりゃあ、たちまち逃げ出すに違ぇねぇ」

「待て」

と制したのは水谷弥五郎であった。

「お前たちは八巻殿の名を出してしまった。代官所の捕り方を斬ったならば、八巻殿が責めを負わされるぞ」

「クソッ、寅三、笠を寄こせ」

「どうするんです」

「降参するしかねぇだろうよ！」

「降参？　荒海一家がですかい？」

子分たちも色めき立つ。

「親分ッ、殴り込みやしょう！　鉄砲玉なんざ怖くねぇッ」

「馬鹿野郎ッ、八巻の旦那に腹を切らせるつもりかッ。そんなことはできねぇ」

三右衛門はアレイサの前で片膝をついた。

「力及ばず面目ねぇことになった。だが、オイラの旦那がオイラたちを見捨てるわけがねぇんだ。必ず助けに来てくださる。だからここは一時、辛抱してやっておくんない」

半左が通訳する。半左の顔色も悪い。南町の八巻様という人物を信じていいのか判断できない顔つきだった。

三右衛門は笠を受け取ると、窓から突き出して振った。

笠を振るのは古来よりの降伏の合図である。西洋の白旗と同じことだ。

沈黙があった。代官所手付も思案をしているのであろう。しばらくしてから返事があった。

「一人ずつ出てこいッ。鉄砲で狙っていることを忘れるなッ。怪しい振る舞いをしたなら即座に撃つ！」

「男一匹、小役人に頭を下げての命乞《いのちご》いとは、こんなに情けねぇ話はねぇ！

だが……八巻の旦那のためだ！」

目をきつくつぶって自分に言い聞かせると、三右衛門は板戸を開けて外に出た。代官所の捕り方を目指して歩いていく。竹槍を突きつけられた。むりやり地べたに膝をつかされて、上半身に縄が掛けられた。

＊

代官所陣屋が村の真ん中に置かれている。手付は座敷に座って美味しいお茶をすすっていた。ほくそ笑むと丸顔がますます丸くなる。

「異国人を捕らえたぞ。徳川将軍家開闢《かいびやく》以来の大手柄だ！　これで大出世は疑いなしだぞ」

四角い顔の手代が座敷の中に入ってきた。正座して報告する。

「曲者どもを広場に集めましただ」

「ようし、一人残らず極刑じゃ。鉄砲で撃ち殺すがよい」

「だけんど手付様。悪党の頭目が所持していた手札は本物のようでございますだよ」

八巻卯之吉の名が書かれた手札を差し出す。手付は受け取りもせず「ふん」と鼻を鳴らした。

「江戸の町奉行所の同心が、なにゆえ異国人を救うべく岡ッ引きを差し向けたのか。ありえぬ話だ」

「では、この手札は？」

「おおかた本物の岡ッ引きを殺して奪ったのであろうな。きっとそうだ、かの悪党を処刑したなら八巻殿から礼が届くに違いないぞ」

「なるほど、そうに違ぇねぇだな」

「さて、面倒事はさっさと片づけようぞ。善は急げと申すであろう」

素早く一件を落着させて報告書を江戸に送りたい。丸顔の手付の頭にはその一事しかなかった。

三

三右衛門たちは代官所の陣屋の前に引き出された。縄で縛られた屈辱の姿だ。代官所の役人に縄尻《なわじり》を引かれて歩まされる。

広場の周囲は竹矢来《たけやらい》で囲われて、外には近在の百姓たちが集まっていた。三右衛門たちの姿を見て口々に罵り始める。

「人殺し！　おっとうを返せッ」

三右衛門はカッとなって怒鳴り返す。

「いつ、オイラがお前ぇのおっとうを殺したってんだ！」

農民たちは石を拾って投げつけ始める。これには三右衛門も子分たちもたまらない。手を縛られているので避けようもない。

代官所の役人たちが駆けつけてきて農民たちを叱りつけ、ようやく石投げは止まった。

三右衛門と荒海一家と水谷弥五郎は広場に座るように命じられた。正面には陣屋の建物。ここは公事《くじ》、すなわち裁判を行うための場所だ。町奉行所でいえばお白州《しらす》であった。規模こそ違えど似た構造になっている。

三右衛門は子分と水谷を見て悪態をつく。

「クソッ、オイラの子分はどいつもこいつも悪人ヅラだぜ。心証が悪い。自分で言うのもなんだが、お白州に座らされた姿が似合ってやがる」

最後に半左が縄を引かれて入ってきた。いちばん端に座らされる。異国の娘は出てこない。言葉の通じない者を相手に裁判はできないと考えたのであろうか。

奥から丸顔の手付が颯爽とやってきた。壇上に座って一同を見渡す。

「これより裁きを行う。江戸愛宕下《あたごした》の口入れ屋、荒海ノ三右衛門と子分の者ども、ならびに上州《じょうしゅう》浪人水谷弥五郎。キリシタンを匿い、代官所の捕り方を斬り殺したことはすでに明白！　なんぞ申し開きはあるか」

「冗談じゃねぇぞ！」

三右衛門が怒鳴った。

「オイラは江戸南町奉行所の同心、八巻の旦那の手下だッ。旦那から『異国の娘を助けろ、そこにいる船大工の半左を助けろ』ってぇご下命《かめい》を受けてやってきたんだ！」

「江戸町奉行所の同心が、なにゆえ常陸国に漂着した異国人を助けるのか。わけがわからぬ。わけがあるなら申すがよい」

「そのわけは……オイラにもわからねぇ。ご下命を受けてきただけだぜッ。手下のオイラが旦那に向かっていちいち理由を問い返したりするもんかい！」

「まったくもって胡散臭《うさんくさ》い。理屈が通っていない」

理屈のまったく通らぬ行動をとるのが卯之吉なのだが、こういう時には本当に困る。

さらに手付は決めつける。

「代官所の捕り方を殺《あや》めたのも、お前たちであろうッ」

「オイラたちはあんたがたに取り囲まれて、あばら家に押し込められていただろうがッ。どうやって人を殺しに行けるってんだ！」

「仲間がおるはずじゃ！　白状いたせッ」

「話にならねぇッ。南町の八巻の旦那に飛脚《ひきやく》を出しておくんなィ！　オイラたちの濡れ衣を晴らしてくれるぜッ」

「それには及ばぬ。お前たちは異国の者を匿っていた。異国の者を見つけたなら代官所に届け出るのがご定法《じようほう》！　届け出ぬだけでも罪人じゃ。あばら家に立て籠もり、捕り方に抗ったことも明白！　じゅうぶん死罪に値するぞッ」

「乱暴なことを抜かすんじゃねぇ！」

竹矢来の外から百姓たちが、「そうだ殺せッ！」「死罪にしろ」「おっとうの仇《かたき》だ！」などと罵声《ばせい》を一斉に飛ばした。

手付が役人たちに命じる。

「磔刑柱《たつけいばしら》を立てよ！　即刻、処刑いたす！」

三右衛門は歯噛みした。

「なんてぇ分からず屋だッ」

「罪人、立てッ」

役人に縄を引かれる。引きずられながら三右衛門は手付に向かって吠えた。

「必ず後悔することになるぜッ。八巻の旦那がオイラたちの仇を取ってくれようからなッ。手前ぇなんかボコボコにしてくれるぜッ。吠え面《ほえづら》かくなよ！」

と、その時であった。

「おやおや。いったいあたしが何をするって言うんですかね。なんだかえらい乱暴者みたいに聞こえますよ」

ホホホと優美に笑いながら、一人の男がシャナリシャナリと入ってきた。

常陸国の農村ではまったく見かけぬ風情だ。頭の鬢付け油から足の草履《ぞうり》に至るまで満遍《まんべん》なく金がかかっている。ぞろりと長い着流しに羽織。帯から下げた煙管《キセル》入れは金唐革の高級品だ。

三右衛門が声を張り上げた。

「八巻の旦那ァ！」

卯之吉はほんのりと微笑み返す。

「旅の塵《ちり》に塗《まみ》れた無粋な姿で現われるのも、なんなのでねぇ、旅籠で着替えてから来たのだけれど……。こんな騒動になっているのなら、急いで駆けつけたほうが良かったかねぇ？」

お供についてきた銀八が唇を尖《とが》らせる。

「だから、街道筋の盛り場で宴を張るのはやめときましょう、って言ったんでげすよ」

梅本源之丞も一緒についてきた。こちらも呆れ顔である。

「まっすぐ旅をさせるだけでこんなに骨が折れるとはなぁ」

「ははは。霞《かすみ》ヶ浦《がうら》の船乗りさん相手の盛り場がたいそう賑やかだったものだから、つい、ねぇ」

ついうっかり宴を始めて三右衛門の処刑に間に合わなかったらどうなっていたことか。

壇上で手付が激昂する。帯に差した扇子を抜いて卯之吉に突きつけた。

「そのほうは何者かッ。許しもなく公事の場に堂々と乗り込んでくるとは何事だッ」

「あたしは江戸の放蕩者《ほうとうもの》で、三国屋の――」

「違うでげしょ」

銀八に袖を引かれて注意される。卯之吉は振り返った。

「今のあたしは、いったい何者なんだろうねぇ？　自分でもわからなくなってきたよ」

壇上の手付が怒鳴りつける。

「何者であろうとも代官所の詮議に口を出すことは許さぬッ。引き下がらぬのであればそのほうにも縄をかけるぞッ」

それを受けて白木の棒を手にした捕り方たちが迫ってくる。卯之吉は「ああ怖い」と言いながら後ずさりした。

そこへ一人の侍が血相を変えて飛び込んできた。

「者ども、下がれッ。無礼があってはならぬッ」

壇上の手付が驚愕している。正座したままその場で跳ねた。

「お代官！」

「いかにも当地の代官、里村《さとむら》太郎《たろう》右衛門《えもん》であるッ。者ども控えよ！　こちらにご出馬なされたのは、将軍家御側御用取次役、八巻大蔵様なるぞッ。上様のご側近であらせられる。一同、控えよッ」

手付は慌てて壇上から下りた。階段で転びそうになっている。竹矢来の前の役人たちも外の農民たちも一斉にその場で平伏した。

三右衛門が皆に向かって吠える。

「見たかッ。オイラの旦那は江戸一番のお役人様なんでぃ！」

今の身分は御用取次役なのだから江戸どころの話ではない。日本国でも極めて上層に位置する身分なのだが、そんなことまでは伝わっていない。

卯之吉にも自覚がない。

「そんな大げさな。あたしはただの遊び人ですよ。いやぁ、こんなことをされちまうってぇと、ますます嫌われちまいますねぇ」

などと呑気に嘯《うそぶ》きながら三右衛門に歩み寄ってきた。

「親分さん、遠路はるばるご苦労さまでした。……ところで、どうしてあなたは縄付きなんですかね？」

手付が慌てて手を振り回す。

「縄を解けッ。早くッ」

役人たちが殺到してきて三右衛門たちの縄を解いた。

三右衛門は卯之吉の前で跪《ひざまず》き、顔をクシャクシャにさせた。滂沱《ぼうだ》と涙を流す。

「旦那……きっとオイラを助けにきてくださると……信じてやしたぜ！」

「助けるなんて。いつも助けてもらってるのはあたしのほうじゃないか」

卯之吉は号泣する三右衛門を持て余して半左に顔を向けた。

「異国の娘さんは、助け出すことができたのかい」

半左は手付に目を向けた。

「アレイサ様なら、あのお人が牢屋にぶちこんでしまいました」

皆が一斉に手付を見た。手付は丸い顔を真っ青にさせて震え上がっている。

四

代官所のいちばん上等な座敷に卯之吉が座っている。源之丞が同席し、縁側には三右衛門と銀八が正座していた。

半左に連れられて金髪の娘が入ってきた。

「ああ、蘭画にそっくりだねぇ」

卯之吉は感心してそう言った。

蘭画とは西洋絵画のこと。主に油絵のことである。ヨーロッパで描かれた肖像画が日本にも稀《まれ》に輸入され、その画風に関心が持たれていた。江戸時代の日本人は絵画で西洋人の姿や風俗を知ったのだ。

娘は畳に座った。椅子がないと座りにくそうだ。

「あなたがアレイサさんですね。はろーよんげだぁーま」

卯之吉は挨拶した。だが返事はない。

「おーらじょべん」

今度も返事はなかった。

「オランダ語もポルトガル語も通じないのだねぇ」

江戸時代の日本人に読み書きができるヨーロッパ言語はこの二カ国語だけだ。

半左が代わりに答える。

「オイラが通詞をいたしやす」

半左も、卯之吉が実はとんでもない偉い人だと理解——あるいは誤解をして、緊張している様子であった。アメリカ英語で卯之吉の立場を説明し始める。卯之吉は言語に関心がある様子で耳を傾けていた。

娘が何かを言った。半左が通訳する。

「助けてくれてありがとうございます、と言ってます」

卯之吉はいつものように、礼を言われるのが苦手だ。

「いえいえ。あたしは異国の人々に興味があったから、余計なお節介をしただけでしてね。礼を言われるようなことなど、何もしちゃあいませんよ」

半左は、なんと翻訳すればいいか迷った。

「I'm glad you're safe, he said」

当たり障りのない翻訳をした。半左も卯之吉のある意味で非常識な感情を通訳できるほどに英語が達者なわけではない。

半左は恐る恐る、卯之吉に訊《たず》ねる。

「アレイサ様は、これからわたしはどうなるのか、とお訊ねになってます」

卯之吉は笑顔で続ける。

「江戸の切支丹《キリシタン》屋敷に入っていただきますよ。異国の漂流者はその館で過ごすことになっています」

それは小石川《こいしかわ》の切支丹坂を上った先にある。外国人使節の迎賓館と、不法入国者の牢屋を兼ねた建物だ。

「その後は長崎に行っていただいて、オランダの船でご帰国いただく運びとなるでしょう」

アレイサは顔を真っ青にさせて震えている。卯之吉は困り顔だ。優しく語りかけた。

「ご公儀には、あなたに危害を加える人はいません。安心してください」

縁側に控えて座る銀八が半左に向かって言った。

「その娘さんに、こちらの若旦那を信じてくださるように、って伝えてもらえねぇでげすか。もしもあなたのお命を縮めるつもりでいたのなら、こちらの若旦那がお裁きに割って入るはずがねぇでげす。若旦那は本気であなたをお助けしたい一心なんでげすよ」

半左も必死に通訳する。銀八の真心が通じたのか、アレイサは小さく頷いた。

卯之吉は「よし！」と膝を叩く。

「話はまとまったね。それじゃあ祝いの宴会だ！　派手にやろうじゃないか」

「どうしてそうなるんでげすか」

銀八は呆れた。

その時だった。

代官の里村が血相を変えて走り込んできた。

「御用取次役様！」

「江戸の甘利備前守様よりの火急のお使番《つかいばん》がご到着なさいました」

使番とは、伝言や書状を持って駆けつけてくる役目の侍だ。

「なにを言ってきたのですかね、甘利様は」

「今すぐ江戸に戻るべし、との御下命にございまする！」

「ええっ？　いったいなんでしょうねぇ。忙《せわ》しないことだ。宴会が終わってからじゃいけませんかね」

銀八はますます呆れる。

「若旦那、わがままはいけねぇでげす。今のご身分は三国屋の放蕩息子じゃねぇんでげすから」

「やれやれ。でも、どうやって帰れっていうのかね」

里村が答える。

「お使番様は〝鯨船《くじらぶね》〟でご到来にございます」

公務で使う快速船を鯨船と呼んでいた。小さな船体に櫂《かい》の漕ぎ手が七人以上乗っている。猪牙舟《ちょきぶね》の漕ぎ手は一人だ。つまり鯨船は七倍の力で漕ぎ進む。順風時にはさらに帆柱を三本も立てる。速度を出すことだけに特化した船なのだ。

「その船で帰れとの仰せにございます。霞ヶ浦の港で船が待っております。急ぎお発《た》ちください！」

「ああ、やっと着いたところだってのに、骨休めもできないのかい？」

「これからの刻限、東から西へ海風が吹くのです。霞ヶ浦と利根川《とねがわ》を追い風を受けて進めば、それだけ早く江戸に着くことが叶います」

風向きは船の運航に重要な役目を果たしている。卯之吉がグズグズしていて、西から東へ山風が吹く時間になったら船の速度が遅くなるのだ。

「急いで船を出さねばなりませぬ」

「酒も肴《さかな》も美味しそうな場所なのに。アレイサさんにはあたしの踊りも見ていただきたいし――」

「卯之さん、いい加減にしねぇか」

傾奇者《かぶきもの》の源之丞ですら苦言を呈する。

「若旦那！　さぁ、行くでげすよ」

銀八は卯之吉の扱いに慣れている。駄々《だだ》をこねる卯之吉を無理やり立たせると腕を引いて港に向かわせた。

＊

半左は代官所の蔵に入った。

捕まった時に取り上げられた荷物がある。受け取りに来るようにと言われたのだ。

「あった。俺の物入れだ」

うつろ舟から持ち出した品々が入っている。日本の造船と航海術の発展に大きく寄与するはずの物ばかりだ。

「壊れてなけりゃいいけどな」

荷物を持ち出そうとして、横に置いてあった箱に気づいた。アルファベットの文字が書かれている。

「なんでぇ、こいつは」

半左も好奇心が旺盛である。手に取って文字を読んだ。

「あめりかん・ぷれじでんと……。ぷれじでんとからの手紙か？」

蓋の封印はすでに剝がされてあった。代官所の者が調べたのに違いない。蓋は簡単に開いた。

木箱の中に筒状に丸まった紙が入っている。半左は恐る恐る、その手紙を手に取った。広げて読む。

「トマス様に宛てられた御下命書か……」

半左は食い入るように読み始める。

半左は自分の荷物を背負って蔵を出た。荒海一家が集まっている。アレイサの姿もあった。半左は歩み寄った。

「アレイサ様、これはあなた様の持ち物ですか」

大統領の密書が入った箱を差し出す。アレイサは表情を綻《ほころ》ばせた。

「大切な物です！」

嬉しそうに箱を受け取る。だが、封が切られていることに気づいて表情を曇らせた。半左は慌ててつけ加える。

「日本の役人が調べたのでしょう。ですが、文を読めた者はいないはずです」

アレイサは頷いて、大事そうに箱を抱えた。

＊

港の桟橋《さんばし》を卯之吉は渡る。がっくりと落胆した顔つきだ。銀八に背中を押されていた。

半左がやってきた。

「若旦那さん、いや、御用取次役様」

「そんなに畏《かしこ》まられては困るねぇ。いつ御用取次役を辞めさせられるのかもわからないんだし。で、なんだえ」

「これをアレイサ様が御用取次役様に託したい、と」

「指輪かえ」

「日本の近くまでメリケンの船団が来ているんでごぜぇやす。アレイサ様のお父上様が総大将を務めていらっしゃるんです」

「へえ！」

「もしもできるなら、そのお父上様にこの指輪を渡して、自分の無事を報せてほしい、と」

「あたしは船乗りじゃないんでねぇ。海の上のお人を探し出せるかどうかはわからないけど、うん。確かに預かったよ。お姫様にそう伝えておくれ」

卯之吉は受け取って銀八に渡した。

「失《な》くさないようにしておくれ」

「へぇい」

銀八は小物入れの巾着《きんちゃく》にしまって首から下げた。

河岸で荒海一家が見守っている。荒海ノ三右衛門が例によって役人たちに食ってかかった。

「やいッ、オイラも乗せやがれッ！　オイラは八巻の旦那の一の子分だぞッ」

鯨船の船長は御船手奉行配下の旗本だ。煩《わずら》わしそうに押し返した。

「ご公儀の船だぞ！　余人《よじん》を乗せることは叶わぬ！」

「銀八の野郎は乗せるんじゃねェか」

「あの御仁《ごじん》は公儀御庭番《おにわばん》の銀八郎《ぎんぱちろう》殿だ。身分を弁《わきま》えよ！　ヤクザ者など乗せることはできぬ！」

「なにを～ッ」

三右衛門が憤激する。一家の子分たちも拳を握って迫ってきた。

卯之吉は面白そうに見ている。

「本当に血の気が多いねぇ。親分さんにも困ったものだよ」

銀八も呆れている。

「ああなっちまったら、若旦那が宥《なだ》めるしかねぇようでげすよ」

いまにも殴り合いが始まりそうだ。卯之吉は桟橋を戻った。

「親分さん、すみませんがねぇ、ひとつ頼まれてほしいんですよ」

三右衛門はハッと顔色を変えた。握り拳を引っ込めて畏まった。

「なんなりと承りやすぜ！」

卯之吉は河岸の奥に目を向けた。波除けの堤の上にアレイサの姿があった。

「異国のお姫様を無事に江戸まで連れてきてほしいんです。あたしも一緒に旅をしようと思っていたのですけどね、甘利様のお呼び出しとあっては仕方がない。先に帰らせてもらいますよ。だけど、どうにも心配でねぇ……」

「合点承知だ！　任せてやっておくんなせぇ！　必ずご無事に江戸まで送り届けやすぜ！　野郎どもッ、旦那の言いつけは聞こえたなッ？」

子分たちが「おう！」と声を揃えて応える。

梅本源之丞も前に出てきた。

「俺も力を貸そうじゃねぇか」

水谷弥五郎もやってくる。

「駄賃次第だが、拙者も同道してやってもよいのだぞ？」

卯之吉は笑顔となった。

「それじゃあよろしくお願いしますよ。これは当座の路銀です」

懐から財布を出して三右衛門に握らせた。幾ら入っているのだろうかと開けてみて、その場の全員が仰天する。小判が何十枚も無造作に入っていた。

水谷弥五郎が呟《つぶや》く。

「これだけの路銀があれば、十年だって優雅に旅を続けられようぞ」

江戸まで数日の旅なのにこんな大金を預けられても困ってしまう。

皆が茫然と突っ立っている中で卯之吉だけが邪気のない笑顔だ。

「それじゃあよろしく頼んだよ」

そう言って鯨船に乗り込んだ。

「出航！」

船長が指図の声を張り上げる。梯子が外され、繫留《けいりゅう》の縄が解かれた。七人の漕ぎ手が櫂を漕ぐ。風向きもちょうど追い風だ。船はたちまち速度を上げて江戸に向かって進んでいった。

五

卯之吉を乗せた鯨船は、御船手奉行、向井将監の役宅に着けられた。

御船手奉行所は、大川の河口の霊岸島《れいがんじま》に置かれている。八丁堀《はっちょうぼり》は本来は水路の名前なのだが、その水路の出入り口を見張る場所だ。

つまり、卯之吉の役宅にも近い。さすがの卯之吉も道に迷うこともなく、すぐに登城することができた。

お城坊主に急かされて甘利備前守の許《もと》に向かう。いつものように芙蓉《ふよう》ノ間《ま》で待たされた。

忙しない摺《す》り足で甘利が入ってきた。上段に座る。顔には焦燥が張りついていた。

一方の卯之吉は無責任な笑顔だ。

「こちらの都合も聞かずに急に呼び出すだなんて。甘利様も人使いが荒いですねえ」

「口が過ぎようぞ！」

甘利が叱る。老中に叱られても卯之吉は気にしない。

「何事が起こりましたかね？　酷い慌てぶりですよ」

気合の抜けきった卯之吉を見て、甘利はため息をもらした。

「何事が起こったのか知ったなら、そのほうもそんな呑気な顔をしてはおられまいぞ！　いいか良く聞け！　メリケンの船団が伊豆沖に現われおった」

「おや。どういうわけがあってのことでしょうね」

「わからぬ！　伊豆沖といえば江戸とは目と鼻の先。上様をはじめとして柳営《りゅうえい》は皆、泡を食っておる」

柳営とは幕府の上層部の意味だ。一方の卯之吉は首を傾げている。

「江戸は静かでしたよ。大川《おおかわ》の船頭さんたちも騒いじゃいません」

「メリケンの船はよるか沖合に停泊しておるのじゃ。日本の荷船や漁師の船は岸のすぐ近くを航行するのであろう」

「はい。日本の船の構造では沖合の強い潮流に耐えられませんからね。なるほど、だから、まだ、船乗りさんたちはメリケン国の船を見つけていないんですね」

「島送りの罪人を届けるべく、八丈島《はちじょうじま》を目指した船が、メリケン船団を見つけたのだ」

「それで、どうするんです」

「祖法では、日本に近づく異国の船は撃ち払うことになっておる」

「それはいけないですねぇ。異国の進んだ大砲や鉄砲が相手じゃ喧嘩になりませんよ」

その時であった。

「八巻」

将軍の声がした。芙蓉ノ間のいちばん奥には御簾《みす》が下げられている。その御簾に将軍の影が映った。

卯之吉は「おや？」と笑顔で答える。

「そこにおいでだったのですか。お姿を隠してこっそりと聞いていなさるなんて、お人が悪い」

馴《な》れ馴《な》れしい口調だ。甘利が叱る。

「これっ、口が過ぎようぞ！」

「かまわぬ。直言《ちょくげん》こそが御用取次役の使命じゃ」

「ハハッ」

甘利が低頭する。将軍の声が続く。

「やはりここは八巻の才覚に頼るしかなさそうじゃな」

卯之吉は微笑しながら首を傾げた。

「あたしに何をさせようってぇ、お考えですかね」

「これよりメリケンの船団に赴き、メリケン人たちが何を意図して来航したのか、詳しく質《ただ》して参れ！」

卯之吉が反応する前に甘利が苦言を呈した。座り直して将軍に向かって言上する。

「上様、その儀ばかりはご再考を――」

「他に大任を託せる者がおろうか。それとも将軍たる余が自ら動けと申すか」

「いっ、いいえ！　上様の御身に万一のことあれば、日本国の武士に号令をかける御方がいなくなりまする」

「ならば老中はどうじゃ。若年寄はいかに。メリケン国との交渉は、今後何年にも及ぶかも知れぬ。柳営に確たる役目を持たず、身軽な者だけが、この大事に専念することができようぞ」

「いかにも……御意《ぎょい》のとおりにございまする」

「さらに申せば異国の知識を持つ者でなければできぬ務めじゃ。やれやれ」

上様が笑い声をあげた。

「余の家来ども、俗に旗本八万騎と呼ばれておるが、八万の家臣を隈《くま》なく探しても、八巻の他にこの大役を任せることのできる者がおらぬとはのう！」

甘利は不承不承、といった顔つきで平伏した。眉根をヒクヒクと震わせて、首を傾げながら異論をいろいろ思案しているが、まったく湧《わ》いてこない、という様子であった。

　将軍の眼が卯之吉を見据える。

「八巻、やってくれようか」

　卯之吉は白い歯をみせて笑った。

「面白そうですねえ！　あたしも一度、異国の船に乗ってみたいと思っていたんですよ」

　将軍の命令だから行く、のではなく、自分の好奇心を満たすために行く、のである。まったく無責任だ。

　しかし将軍はそんなことだとは思わない。

「メリケン人が何を企んでおるのかもわからぬ。生きて帰れぬやも知れぬぞ。それでも良いか」

「もちろんけっこうでございます！」

　心はすでに異国の船に飛んでいる。早く行きたくて仕方がない。

　そうとは思わぬ将軍は感服した様子で大きく頷いた。

「命も惜しまず笑って死んでいけると申すのか。頼もしき奴じゃ。そのほうの忠義、余は終生忘れぬぞ」

なんだかまったく話が嚙み合っていない。甘利だけが違和感に気づいて怪訝《けげん》な表情を浮かべていた。

＊

卯之吉を乗せた軍船が進んでいく。御船手奉行、向井将監が自ら指揮を執っていた。この船こそが幕府が所持する最大の船だ。当時の日本で最強の戦艦なのだった。

帆を揚げて大勢で櫂を漕ぐ。幕府の船だけれども水主《かこ》たちは武士ではない。船乗りや漁師が雇われている。武家奉公人という身分だ。

卯之吉は舳先《へさき》に立っている。将軍家の正使にふさわしい裃《かみしも》姿だ。

西に富士山がよく見えた。

「ああ、綺麗だねぇ。真っ白に雪をかぶっているよ。日本晴れってのはこういうのを言うのだねぇ。幸先《さいさき》が良さそうだ」

卯之吉が賛嘆していると中年の水主が答えた。

「お言葉ですがね御用取次役様。あっしら船乗りにとっちゃあ、富士が見えるってぇのは良くねぇ兆《きざ》しズラ」

「ほう。どうしてかねぇ？」

「強い風が雲を吹き払っているから富士山が良く見えるんズラ。風が吹けば波が荒れる。もっと強い風が吹けば外海《そとうみ》に押し流されることもある。剣呑ですズラ」

水主の仕事は忙しい。言うだけ言うと行ってしまった。

卯之吉の傍にはいつものように銀八がいる。震え上がった。

「あの親仁《おやじ》さん、余計なことは言わなくてもいいでげすよ」

卯之吉は別のことを考えている。

「日本でいちばん大きな軍船が風に流される心配をしているというのに、メリケンの船は沖で停泊ができている。まったくたいしたものじゃないか。半左さんの言っていたとおりだよ。日本も急いで技術を学んで、異国に追いつかないといけないねぇ」

卯之吉を乗せた船は、横風や海流に揉まれて、いちいち左右に傾きながら南を目指した。やがて大海原の真ん中に黒い船団が見えてきた。

卯之吉は船の舳先に走った。手すりから身を乗り出して興奮する。

「ああ、なんて大きな船だろうねぇ！」

地球の半分を占める太平洋を乗り越えて日本にやってきたのだ。偉大な壮挙を成し遂げた船が目の前にある。卯之吉はひたすら感心し、感動した。

「ああ！　あたしも船大工になりたいよ！　異国の〝すけーぷすべるふ〟で働きたい！」

すけーぷすべるふとは造船所を意味するオランダ語だ。

銀八は慌てた。同心の小者《こもの》や御庭番をさせられているだけでも苦役《くえき》なのに、そのうえ船大工の手伝いなんかをさせられたのではたまらない。

困ったことに卯之吉は、思いついたら本当にやってしまう男なのだ。歯止めの利かない男なのだった。

幕府の軍船はアメリカの船の横につけられた。日本最大の船であるはずなのにアメリカの船の三分の二ほどの大きさしかない。

銀八は怯《おび》えきっている。

「大人の横に並んだ子供みたいでげす。しかも相手は四隻でげすよ」

「戦になったら勝ち目はないねぇ」

「なんで他人事《ひとごと》みてぇな口ぶりなんでげすか」

「他人事だなんて思っちゃいないさ。日本とメリケンの戦にならないようにってんで、あたしが送り込まれたんだからねぇ」

「だ、大丈夫なんでげすか」

「大丈夫だよ。思い出してごらんよ。あたしが人様に喧嘩を売ったことが、ただの一度でもあったかね？」

銀八はいろいろと思い出して震え上がる。

確かに卯之吉は他人に敵意を向けたことがない。しかし毎度毎度、強敵たちから挑みかかられ、命の危険に晒されてきたではないか。

戦いを吹っ掛けはしないが、吹っ掛けられてばかりいる男なのだ。実に危険だ。

卯之吉にはまったく自覚がないらしい。

日本の船乗りとアメリカ人との間でやりとりが始まった。大きく波うつ船の甲板同士の会話だ。波の音も激しい。強風が唸っている。

幕府の通詞はオランダ語とポルトガル語ができたが、まったく通じない。卯之吉がアレイサに語りかけた時と同じだ。

「半左さんに来てもらえればよかったねぇ」

今頃、半左とアレイサは、どの辺りを旅しているのか。荒海一家と水谷、源之丞も一緒だ。

アメリカの船には清国人の通詞が乗っていた。

やりとりが終わって互いの船から縄ばしごが下ろされた。はしごとはしごの間は艀《はしけ》で行き来する。艀とは船に積まれた小舟のことだ。

「さて、行こうか。胸が躍るねぇ」

卯之吉は颯爽《さつそう》と縄ばしごに手を伸ばした。船は激しく揺れている。はしごを下りるだけで命懸けだが、怖いという感覚はないらしい。

続いてアメリカの船から垂らされた縄ばしごをのぼった。

卯之吉はアメリカの船の最上甲板に立った。水兵たちが何十人もこっちを見ている。

アメリカ人たちは、日本の大君が砲撃を命じて、スクーナー船が沈没させられたと思っている。険しい面相となるのは当然だ。

一人、卯之吉だけがパアッと笑顔を振りまいた。

「ああ!　異国の人だ。こんなにたくさんいるよ!」

お供の銀八は怯えている。

「皆さん、鉄砲を持っていなさるでげすよ……」

卯之吉は近くの水兵に歩み寄った。

「遠路はるばる日本までよくぞ来てくれなさったねえ！　地球の反対側で生まれたお人とこうして出会うことができるなんて！　ああ、船ってのは本当に素晴らしいねえ！」

感動しながら水兵の腕を取る。感極まって抱きしめた。水兵はたいへん困惑している。

「もしもし、御使い様……」

通詞の清国人がおそるおそる声をかけてきた。

「その男はただの兵です。艦隊提督ではございません」

卯之吉は「なんだえ？」と答えた。

「それは見ればわかるさ。同じお仕着せを着ているお人がそんなに偉いはずがないものね」

通詞は、卯之吉が、水兵と提督の区別もつかずに親愛の情を示したのだ、と勘違いをした。卯之吉は、誰彼かまわず大歓迎の態度をとっただけだ。

卯之吉は次々と水兵たちの手を取り、抱きつき頬ずりをした。水兵たちも「これがこの国の歓迎を示す態度なのだろう」と思って、次第に笑みで答え始めた。

水兵を志願する人間はもともと好奇心が旺盛で冒険好きだ。「せっかくだから俺も日本人から触られたい」みたいな顔つきで集まってくる。いつのまにやら卯之吉は、その場で胴上げでもされそうな様子になってきた。甲板は大騒ぎだ。

警笛《ホイッスル》が吹かれた。吹いたのは最先任下士官だ。水兵たちの監督役である。水兵たちは我に返って整列し直す。

ブリッジのドアが開いた。ひときわ立派な偉丈夫が現われた。肩の金モールと金ボタンが光っている。通詞が声を張り上げる。

「メリケン国海軍、東洋艦隊総大将、トマス・フィールド閣下！」

「ほう！」

卯之吉は子供のように目を輝かせた。

アメリカの全権大使と将軍家の全権大使の対面だ。本来なら緊張感のみなぎる場面であるはずなのだが、卯之吉は役目のことなどすっかり忘れている。

「ようこそ日本にお渡りくださいましたねぇ！　なんのお構いもできなくて残念だ」

卯之吉はトマスの顔の造りを興味深そうに見ている。

「なるほどお鼻がフルヘッヘンドだ。蘭書の解体図と同じトーヘンコップフの形だねぇ」

トーヘンコップフとはドイツ語で頭蓋骨のことだ。蘭学者はドイツやオランダの人体図や解体図で医学を学ぶ。書物でしか見たことがなかった西洋人の本物の人体が目の前にある。卯之吉はそこに感動したのであった。

トマスは首を傾げている。将軍家の大使は、なんだかちょっと普通ではない、と察した。通詞に訊ねる。

「この男は何を言っておるのだ」

清国人の通詞にもまったくわからない。琉球でも薩摩でも長崎でも、こんな不可思議な日本人には出会ったことがなかった。

第四章　外交官、八巻卯之吉

一

「ああ、これが新式の羅針盤《らしんばん》かえ！　立派な造りだ。天測儀《てんそくぎ》と一体になってるんだね。この精巧さ、日本の方位磁石とはえらい違いだよ！」

航海室に招待された卯之吉は室内にある器具を一瞥《いちべつ》するなり激しい興奮にとり憑《つ》かれた。

「こっ、これは……くろのめーとる！」

揺れる船上で正確に時を刻み続ける航海時計だ。時計は振り子やテンプの周期性を利用して針を進める構造だが、揺れる場所では振り子は正確に振れてくれない。船では特別な構造の時計が必要とされた。

　当時の日本も和時計を製造していたが、航海時計までは製造できなかった。

「蘭書で図解を見たことはあったけど、実物を見るのは初めてだよ！　どういう仕組みになってるんだろうねぇ。分解させてもらえないかねぇ」

　両目を爛々《らんらん》と輝かせながら食い入るように凝視している。

「わ、若旦那！　皆さんお困りでげすよ！」

　銀八が袖を引いた。アメリカの士官たちが顔をしかめて見守っている。外交使節が機械なんぞに夢中になって、自分たちのことはまったく無視しているのだ。それは困ってしまうだろう。

　トマスが何かを言った。通詞が翻訳する。

「それほどまでに航海時計をお求めなら、次回の来航時に持ってきて進呈する、と、トマス大将は仰せにございます」

　卯之吉は歓喜に満ちた表情を向ける。

「本当かえ！　こんな素晴らしい物をいただけるのかい。嬉しいねぇ！」

　銀八はますます呆れた。

「進呈されるのは上様でげすよ。若旦那がもらえるわけじゃねぇでげす。さぁ若旦那、上様と甘利様に命じられたお役目を果たすでげす」

「ああ、そうだねぇ。……ねぇ銀八。あたしはこの船に俄然《がぜん》興味がでてきたよ。ずっとここにいたいぐらいさ。交渉をわざと長引かせたら、もっと良い物を見せてくれるのかねぇ？」

いったい何を言いだすやら。

銀八の目にはアメリカ人は赤鬼のように恐ろしく見えている。こんな所に長居はしたくない。

トマスは通詞に小声で質している。

「江戸の日本人とは、皆、このような物腰なのか」

通詞が答える。

「このような男は、わたしも初めて見ました」

「するとこの男、これは我らを煙《けむ》に巻くための芝居か？　ううむ。江戸の大君《タイクーン》が寄越《よこ》しただけあって、なかなか腹芸《はらげい》に富んだ交渉人であるようだ」

トマスをはじめとしてアメリカの士官たちが一斉に警戒を強める。もちろん卯之吉はお構いなしに船室内のあれこれを勝手に見て回った。

銀八に促されて卯之吉はテーブルについた。トマスと向かい合って座る。

「早速ですけど、日本の沖までご来航くださったわけをお聞きしたいんですけどねぇ。いえ、『来るな』って言ってるんじゃあないですよ。あたしはお客はいつだって歓迎ですからねぇ。だけど上様がご案じなさっていて、あの御方はちょっとご病弱なもので心配性で……あたしもずいぶん案じてるんですけどね。ええと、蘭方医としてですけどね。だからこうしてこちらまでご用件を伺《うかが》いに来たわけでして」

卯之吉が延々と喋り続けるものだから通詞はおおわらわになっている。

トマスはすでにして卯之吉の相手をするのに疲れ始めているようだったが、気を取り直して語りだした。

「我らは琉球の代官を通じて日本に通商を求めた。コバンの二十五万両と引き換えに鉄砲を引き渡す約定となっておる。にもかかわらず江戸の大君は約束のコバンを寄越す気配がない。どういうことか」

「はい？」

卯之吉は目を丸くさせた。

「二十五万両の大商いですかぇ？　あたしの実家は江戸一番の札差で両替商で高利貸しですがね、そんな話は初耳ですよ？」

通詞が通訳する。

「この男は、自分の家は銀行家だと申しております。そんな取引は知らぬ、と」

トマスは激怒した、ふりをした。

「知らぬで済む話ではない！　我らは大君よりの送金を待つために日本に何十日も停泊し続けたのだ。船を留めておくだけでも大金を費やしておる！」

「それはお困りでしょうねぇ」

と卯之吉。まったく他人事みたいな顔つきで、アメリカ人たちを苛立たせるには十分だ。

卯之吉は「ああ、そうか」と呟いた。

「二十万両を超える金が動いたならば三国屋が気づかないわけがない。というよりも、ずっと前から気づいてましたねぇ。あははは！　その大金を止めたのは三国屋とあたしでした！」

通詞が目を剝いて通訳する。居並ぶアメリカ人たちが椅子を蹴立てる勢いで身を乗り出した。聞き捨てならない、という顔つきだ。

卯之吉はまったく動じる様子もない。

「残りの五万両は抜け荷で稼いで手に入れるおつもりだったのですねぇ。それもあたしが取り締まってしまったと。これは愉快だ！」

「愉快で済む話ではないッ。江戸の大君は我らを騙したのかッ。返答次第によっては、合衆国は戦争も辞さぬぞ！」

「いや、まあ、ちょっと込み入った事情がございましてね。異国とのお取引は琉球と島津家を介して行う習わしになってるんですけれど、そこで行き違いがあったみたいですねぇ。本当に困った習わしなんですよ。あたしら商人もずいぶん迷惑させられていますので皆さんのお気持ちは重々お察しいたしますよ」

卯之吉の口調は、のらりくらりとしているけれども、本当のことしか言っていない。しかしアメリカ人たちには誤魔化《ごまか》そうとしているようにしか見えない。

「我らの船を砲撃し、沈めたのは、いかなる理由があってのことかッ」

「心当たりがございません。どなたの仕業なんでしょう？　海賊が日本の沖をうろうろしているとか？　……ううむ、将軍家なんだからそれぐらいのことは突き止めておけよ、と言われたら、返す言葉もございませんけれどねぇ」

「江戸の大君の仕業ではないと申すか！」

「あたしも上様のお側に仕えさせていただいておりますけどねぇ……。あの御方がそんな無茶を命じなさるとは思えませんねぇ。何事につけて慎重なお人ですから。悪く言えば煮え切らないとでも申しましょうか」

銀八が、

「酷《ひど》い言い草でげす」

と呟いた。卯之吉は続ける。

「すると、考えられるのは老中様のご一存ってことですか。ですけどねぇ、甘利様にそんな度胸があるとは思えませんねぇ。皆様も甘利様のお人柄を知れば、そこまで腹の据わったお人じゃないとご理解いただけることでしょうよ」

「ちょ、ちょっと若旦那！」

銀八が小声で注意する。

「身内の恥を異国のお人に話すのは良くねぇでげすよ！」

卯之吉がのったりまったりとした口調で延々と喋りつづけるせいで、アメリカ側も怒りの持って行き場を見失っている。

卯之吉の身分は幕府の高官である。と、アメリカ側は認識している。幕府の高官が緊張感のない態度に徹している。

そもそもの話。将軍が砲撃を命じたあとでアメリカ艦隊に乗り込んできた使者であるのなら、水兵を歓迎して抱きついたり、船の備品に異常な興味を示したりはしないだろう。

アメリカ艦隊を砲撃したのは、本当に、幕府の仕業ではないのかも知れない、とアメリカ人の誰もが感じ始めた。

卯之吉という男は生まれ落ちたその瞬間から表裏というものがない。本当のことしか言わない男だ。正直さは他人に伝わる。

トマスは質した。

「では、海賊の仕業だと言い張るのだな」

「それはわかりませんねえ」

「わからないで済むか！　我らは船を一隻、失ったのだぞ」

「わからないんですから、わからないとしか言えませんねぇ。もちろん手をこまねいているわけじゃございませんよ。御船手奉行に命じて下手人を捕まえさせましょう」

「我が娘の行方もわからぬ！」

「おや、娘様が？」

「日本に漂着したはずなのだッ。娘の身に何かあったら、わしが許さぬ！　大統領もお許しにならぬッ！」

卯之吉は、

「そういえば。すっかり忘れてましたけど、もしかしてその娘様、アレイサ様と仰るのでは？」

「アレイサ！」

「銀八、あの指輪を出しておくれな」

銀八は首から紐《ひも》で下げた小物入れの巾着《きんちゃく》を開けて指輪を取り出し、卯之吉に渡した。

「お父上様へ、この指輪をお預かりしていますよ。こんなに早くお渡しできるとは思いませんでしたねぇ」

指輪がトマスの手に渡る。

「これはわたしの妻の指輪、アレイサに譲られた指輪だ！　アレイサは無事なのだなッ？」

卯之吉はニッコリと微笑んだ。

「ご無事ですよ。今、江戸に向かって旅をなさっています。あたしの仲間たちが護《まも》っていますので、どうぞご安心を願います」

「おお神よ！」

トマスは天井を見上げて十字を切った。

卯之吉は笑顔で続けた。

「娘様がご無事で良かったですねぇ。それにしても、いったい誰がメリケンの船を砲撃したんでしょうね？　なにかお心当たりはございますか」

トマスは聞いていない。娘のことで胸が一杯だ。

「アレイサはいつ、江戸に到着するのか」

「二日か三日はかかるでしょうかねぇ」

「ここで待っていることはできぬ。日本への上陸許可をもらいたい」

「ああ……、それでしたなら！」

卯之吉は何か良いことを思いついた、という顔となった。

銀八がおそるおそる見ている。卯之吉がはしゃいだ顔をする時には、なにかとんでもないことをしでかす。これまでも散々振り回されてきた。

「わ、若旦那……何を思いつきなさったんでげすか……？」

緊張の顔つきで質した。

二

霞ヶ浦の南側をぐるりと回る街道を、アレイサたちは旅していた。

「あれは佐原《さわら》の城下町だ」

荒海ノ三右衛門が南を遠望しながら言った。利根川の対岸に街が広がって見える。岸辺に立つ漁師の家が見えるぐらいに距離が近い。

「船に乗りさえすれば、すぐに江戸に入れるんだがなぁ」

ヤクザ者の旅にしては歩みが遅い。アレイサが一緒にいるからだ。渡世人の健《けん》脚《きゃく》を以《もっ》てすれば江戸まで一泊二日の道のりなのだが。

アレイサは海での遭難とキリシタン狩りの逃避行ですっかり弱り果てている。急ぎ旅を強いることはできなかった。

一家の子分が川岸を駆け戻ってくる。三右衛門の前で片膝をついて報告する。

「あいすいやせん親分。渡し舟も、漁師たちも、舟を出してくれねぇんで……。異国人を乗せることはできねぇ、って抜かしやがって」

「南町の八巻の旦那の御用だって、ちゃんと言ったのか！」

「へい……。だけど『ここは江戸じゃねぇ。江戸の町奉行所の指図は受けねぇ』

なんて抜かしやがって」

「なんだとォ！　許せねえッ」

拳を握って走り出そうとする。その三右衛門を水谷弥五郎が止めた。

「やめんか。船頭や漁師に罪はない。異国人を乗せろと言われたら、誰だって二の足を踏む」

二人は背後に目を向けた。真っ白なドレスを着た金髪の娘が立っている。目立つことこのうえもない。

「徳川の公儀は、島原の乱よりこのかた、キリシタンの宣教師を捕らえ、弾圧してきた。異国人と口を利いただけでもキリシタンの疑いがあるとして処罰された。それはそれは恐ろしい話だ。異国人を連れた我らと関わりを持ちたがらぬのも当然だろう」

源之丞もヌウッと近づいてくる。

「代官所の捕り方を襲ったという曲者たちも、まだ正体がわかっていねぇ。お前たちへの疑いが晴れたわけではないからな」

「そうだぜ！　その悪党どもも放っちゃおけねぇ。オイラの一家に罪をなすりつけやがった恨みは忘れちゃいねぇぞ」

三右衛門の鼻息は荒い。

源之丞は羽織の中で腕を組んだ。

「このぶんでは旅籠《はたご》に泊まることもできないだろう。厄介な旅になったな」

初冬の日没は早い。夕暮れが近づいている。


三右衛門たち一行は村外れの神社に身を寄せた。壁も屋根も破れて穴があいている。ほとんど廃屋も同然の見すぼらしさだ。

社《やしろ》の前の広場で焚《た》き火《び》をする。子分たちは寒さに震えていた。

源之丞だけが不思議そうに見ている。

「なんだい。春みてぇな陽気じゃねぇか。なにがそんなに寒いもんかよ」

水谷が苦笑する。

「雪の越後と比べたら、そりゃあ暖かいだろうな。わしも上州を流れ歩いていた頃には寒さで我が身を鍛えたものだ。だが、江戸での暮らしで惰弱《だじゃく》になった。足先が冷えてたまらん」

三右衛門が子分たちに命じる。

「布団で寝たいなんて贅沢《ぜいたく》は言わねぇが、せめて莚《むしろ》の一枚は欲しいもんだぜ。見つけてこい！」

子分たちが「へいっ」と答えて走り出したのを見送ってから、

「莚を売ってくれと言っても相手にされねぇだろう。農家の小屋からかっぱらってこなくちゃならねぇ。江戸の同心様の手下だってのに盗みを働くとは、まったく情けねぇぜ」

とはいえ、夜露をしのがなければ凍死もありえる。

半左の横ではアレイサが身を震わせている。

震える理由は寒さだけではないだろう。恐怖も感じているはずだ。

（どうにかして励まさなくちゃならねぇ）

半左は思い悩んだ。そしてハッと表情を変えた。大事なことを思い出したのだ。

「アレイサ様、これを見てください」

荷物入れの蓋を開けて中をまさぐる。うつろ舟で拾ったペンダントを取り出してアレイサに見せた。

アレイサは「あっ」と小さく叫んだ。半左も嬉しくなった。

「やっぱりアレイサ様の持ち物だったんですね」

手渡すとアレイサは大事そうにペンダントを撫でた。蓋を開ける。オルゴールの調べが流れ始めた。

アレイサは焚き火に翳《かざ》して中の絵を見る。

「マム（お母さま）」

微笑んでから、急に涙を流し始めた。

なんと声を掛けたら良いものやら男の半左にはわからない。慌てる理由もないのに大慌てでだ。

「アレイサ様、俺、何か着る物を見つけてきます」

つたない英語で伝えると立ち上がった。半纏《はんてん》か丹前《たんぜん》か、綿の入った上掛けが必要だ。漁村にもそれぐらいはあるだろう。売っている物を買うか、忍び込んで盗み出すか。

（オイラがお縄にかかってもいい。アレイサ様を凍えさせるわけにはいかねぇ）

衝動に突き動かされるようにして、半左は闇の中を走った。

貧しい百姓家の板戸を叩いて回り、卯之吉から路銀として預かっていた小判を見せて、どうにか古い丹前を手に入れた。丸めて抱えて神社に戻ろうとしていると目の前に黒い影が立ちはだかった。半左は驚いて身構える。

「誰だッ」

謎の男は低い声で笑った。

月の光が男の顔を照らしだす。半左は「あっ」と声を漏らした。

「岡之木様！」

岡之木幻夜が枯れ野の只中に立っている。

「メリケン人の娘を見つけたようだな……なぜ報せて寄越さぬ。高隅様の命を忘れたのか」

殺気の籠もった不気味な声だ。死に神に睨まれたような心地になった。

「わ、忘れちゃいねぇ。だけどオイラも代官所で捕まってたんだ。それに今は荒海一家っていうヤクザ者たちに囲まれてる」

「なんなのだ、あの者たちは」

「御公儀の八巻様っていう偉いお人に命じられて、アレイサ様……異国の娘様を助けに来たって言っていなさるんだ」

「なにゆえ公儀の重職がヤクザを手下に使って異国の娘を助けるのか。まったく解《げ》せぬ話だ」

「オイラもさっぱりわからねぇんだよ」

半左はゴクリと唾を飲んだ。それから恐る恐る質した。

「キリシタンのふりをして、代官所の捕り方を殺したのは、あんたなのかい」

「わしと、栗ヶ小路中納言様の手下たちでやった」

「栗ヶ小路中納言様って……？」

それには答えず岡之木は半左に確かめた。

「異国の娘とともに旅をしておるのだな」

「へい。高隅外記様に伝えておくんなさい。オイラが見立てた通りでした。トマス様のお嬢様で間違いございません――って。それともう一つ大事なことがあるんだ。これだけは絶対に高隅様に伝えてもらいてぇ」

「なんだ」

「アレイサ様は、メリケン国のぷれじでんと――ってのは、将軍様みたいな偉いお人のことなんだが、その偉いお人からの命令が書かれた文を持っていた」

岡之木の顔色も変わる。

「何が書かれてあったのだ。読んだのか」

「読んだ。メリケン国はメキシコ国と戦になっているらしい。日本なんかにかまっている暇がなくなったから、軍艦はメリケン国に急いで戻れ、っていうご下命だった」

「なんと！　メリケン国の軍船と兵が去ったなら、道船様の悲願は叶わなくなるではないか！」

難しい事情は、半左にはわからない。

「よし。半左、これを受け取れ」

岡之木が短刀を差し出してきた。

「アレイサという娘を殺すのだ」

予感はしていた。やはりそうなるのか。半左は唇を嚙みしめる。

「道船様と高隅様より受けたご恩を忘れてはおるまいな。お前の道楽のような蘭学も道船様が金を出してくれるからこそ学べるのであろう」

「それは……ありがたく思っております」

「道船様の恩義に報いる時だ。かの娘は道船様にとっては邪魔者。生かしておくことはできぬ」

「ど、どういう子細があるのでございましょう」

「お前が知る必要はない。命じられたことをすればよいのだ」

闇の中から黒ずくめの男たちが出現した。異国から来た凶賊たちだ。半左を取り巻いて殺気を放った。

(断ったら殺される……!)

半左はそう直感した。

岡之木は静かな口調で言い聞かせてくる。

「その娘、生かしておいては島津家の害となる。半左よ。娘を殺すのは島津家のため、道舶様のためぞ。何をためらうことがあろうか」

半左は拳を握り締める。

道舶は、そして高隅外記は、新しい日本を造ると言っていた。忠義を楯《たて》に滅私《めっし》奉公《ぼうこう》など強要されない世の中を作ろうとしていたのではなかったのか。

まるで正反対だ。

岡之木は勝手に話を進めていく。

「アレイサとやらは、ヤクザ者や用心棒に護られておるのであろう。お前の腕前では勝ち目はない。ならばヤクザ者たちは我らが数を減らしてくれる。この者どもが攻めかかる。乱戦になった隙に娘を仕留めよ」

「へ、へい……わかりやした」

「よし、行け」

半左は短刀を懐に隠して走り出した。黒ずくめの男たちがいつまでも目で追ってくる。まるで人食いの野獣だ。

神社に向かって走っていくと竹槍を突きつけられた。今度は荒海一家の子分の二人連れだった。

「槍を引いてくれ。半左だよ。丹前を見つけてきたんだ」

子分たちは、

「おう船大工。手前ぇだったか」

と槍を引いた。歩み寄ってきて丹前を手で確かめる。

「良い物を見つけてきたな。親分に進呈しろィ」

取り上げられそうになる。

「待ってくれ！　これはアレイサ様のために買ってきたんだ」

「なんだと手前ぇ！　オイラたちの親分に凍えて夜を過ごせって言うのかよ！」

揉めていると騒ぎを聞きつけた三右衛門が歩み寄ってきた。

「馬鹿野郎ッ。手前ぇたち子分が凍えているってぇのに、オイラだけぬくぬくとできるもんかよ！」

子分たちを叱りつけてから半左に優しい目を向けた。

「お姫様が寒くてふるえていなさるぜ。早いとこ持っていってやりない」

「へ、へいっ」

半左は一礼して社に向かった。

社の中からオルゴールの音が聞こえてきた。扉の破れ目から覗き込む。汚い床板にアレイサが座っている。オルゴールの蓋の裏を見つめていた。

「アレイサ様」

半左は扉を開けた。

「汚い古物だけど、これを使ってください」

アレイサはオルゴールを閉じて丹前を受け取った。

「ありがとう。疲れた。寝るわ」

アレイサは半左でもわかるように短い単語で喋っている。優しい人だな、と半左は思った。

(こんな人を、オイラは殺せるのか)

懐に隠した短刀を握る。

アレイサは丹前にくるまって身を横たえた。半左は出て行こうとした。

「ハンザ、あたし怖い。そばにいてくれる？」

呼び止められて半左はその場にへたり込む。

「……わかりました。悪い奴が寄ってこないように見張ります」

アレイサは安心して眠りに落ちた。

今なら短刀で一刺しにできる。しかし決心がつかない。

「オイラにはできねぇよ。どうすりゃあいいんだ」

半左は膝を抱えて身を震わせた。

三

朝靄《あさもや》が辺りを包んでいる。荒海一家が野宿をする神社に荷車の音が近づいてきた。

「おう荒海ノ。いつものことながら大層な騒ぎを起こしていやがるじゃねぇか」

荷車の先に立つ男が挨拶を寄越した。三右衛門は笑顔となった。

「信田《しだ》ノ丑蔵《うしぞう》！　来てくれたのか！」

「おうよ。兄弟分を見捨てるわけにゃあいかねぇ。異国人を連れていたんじゃあ宿にも飯にもありつけめぇ。にぎり飯を持ってきたぜ。味噌と鍋も用意してあら丑蔵は三右衛門と同じ年格好の侠客《きようかく》だ。成田《なりた》街道の宿場を仕切って揉め事の仲裁をしている。もちろん賭場《とば》などの裏稼業にも手を染めていた。

「三右衛門よ、手前ぇたち一家が代官所の捕り方を殺したってぇ噂が流れてる。もちろんオイラは信じちゃいねぇが、宿場役人たちは――」

会話の途中で突然、丑蔵が動きを止めた。目を剥いてそのままバッタリと前に倒れた。

「丑蔵！　どうしたッ」

三右衛門は抱き起こそうとしてギョッとする。丑蔵の背中に矢が突き刺さっていたのだ。

三右衛門は朝靄の漂う野原を睨みつける。

黒ずくめの男たちが集団で攻め寄せてくる。矢も次々と飛んできた。三右衛門は長脇差を抜いて矢を打ち払いながら叫んだ。

「殴り込みだァ！　野郎どもッ、起きやがれッ」

筵をかぶって寝ていた子分たちが跳ね起きる。枕の代わりにしていた長脇差をひっ摑んだ。だが咄嗟《とっさ》のことで状況が把握できない。そこへ矢が飛んでくる。腕や太股を貫かれ悲鳴をあげる者が続出した。

源之丞と水谷も駆けつけてきた。

源之丞は黒ずくめの男たちの身形《みなり》と、その武芸を見て確信する。

「俺の領国で漁師を襲った奴らだ！」

丑蔵の子分たちが曲者たちに突っかかっていく。

「ちくしょうめ、よくも親分を殺《や》りゃあがったなッ」

十人ばかりが一斉に刀を抜く。ヤクザ特有の向こう見ずだ。

琉球の空手家、五郎《ごろう》が前に出る。両手のトンファーがブンッと唸った。斬りかかってきたヤクザの刀を打ち払い、もう片方のトンファーで相手の顎を打ち砕いた。

「ぐはあっ」

殴られたヤクザは折れた歯と血を吹きながら仰け反る。そこへとどめの前蹴りをくらって真後ろに吹っ飛んだ。

漢人の剣士は両手の青龍刀《せいりゅうとう》を振り回す。足蹴りなどの体術も加えた凄まじい動きだ。丑蔵の子分たちは次々と斬られた。

日本人が初めて目にした武芸である。対処法もわからない。素早い動きに幻惑されるばかりだ。

三右衛門は漢人の槍遣いと戦っている。槍には赤い毛の房がつけられている。クルクルと回って三右衛門の視界を幻惑した。

「うっとうしいぜ！」

三右衛門は槍を打ち払って素早く間合いを狭める。敵の懐に飛び込んだ。

「荒海流の喧嘩殺法をくらいやがれッ」

長脇差の切っ先をズンと突き出す。敵の土手《どて》っ腹《ぱら》を貫いた——と思った瞬間、その切っ先が弾かれた。

「野郎ッ、鎖帷子《くさりかたびら》まで着てやがるのかッ」

黒装束の下に鉄の鎖の鎧《よろい》を着けていたのだ。これでは刃物が通らない。

槍が振られる。三右衛門は急いで飛び退いた。

「親分ッ」

子分が竹槍を構えて突っ込んできた。三右衛門の楯になろうとする。そこへ矢が何本も飛んできた。子分は矢と槍で貫かれて倒れた。

「松二《まつじ》ッ」

三右衛門は若い子分を抱き起こす。

「親分……」

松二は無理に笑顔を浮かべようとした。『オイラは大丈夫だ』と言おうとしたのかも知れない。だがすぐにガックリとこと切れた。

「松二ッ、畜生！」

三右衛門は激怒して槍遣いに斬りかかっていく。

おぞましい異国の武芸者たちは何人も、次から次へと朝靄の中から現われた。神社の境内《けいだい》に雪崩《なだれ》込《こ》んでくる。

清国人の剣士と水谷弥五郎が戦っている。清国人は反りの強い刀を右手で握って斬りつけてきた。水谷はガッチリと受け止めると力いっぱいに撥《は》ね除《の》けた。

「トォリャアッ」

すかさず水谷は刀を振るう。清国人は左手の楯で受け止めた。丸い金属の手楯を持っていたのだ。

日本には楯を使って戦う流派はない。水谷にとっては初めての対戦だ。何度斬りつけても楯で防がれてしまう。

「まったく手に負えん！」

さしもの水谷も困惑させられ、押しまくられた。

さらには矢が飛んでくる。源之丞は大太刀を振り回して矢を打ち払う。

「クソッ、この矢のせいで曲者と斬り結ぶこともできねぇッ」

戦っている最中にも横から矢が飛んでくるのだ。おちおち戦っていられない。

凄まじい乱戦だ。敵と味方が入り交じっている。三右衛門は子分たちから引き離されて孤立している。寅三がそれに気づいた。

「親分ッ」

一家の若い者たちと一緒に駆けつけようとすると、三右衛門に止められた。

「オイラのこたぁどうでもいい！　異国の姫さんを護れッ」

「だ、だけど親分ッ」

「姫さんは八巻の旦那から託された大事な預かり人だぞッ。旦那のご下命が第一だッ」

三右衛門は敵の斬撃を押し返しながら叫び続ける。

「持ち場に戻れッ寅三！　オイラの言いつけに従えねぇのなら、親分子分の縁を切るぞッ」

寅三は泣きだしそうな顔で歯嚙みをすると、若い者たちを連れて社に戻った。

源之丞は大太刀をズンッと振り下ろした。異国の剣士の腕を斬る。さらに鋭い突きを繰り出し、敵の喉元を貫いた。

「ようやく一人、仕留めたぜ……ッ」

源之丞も疲労困憊《こんぱい》で息を喘《あえ》がせている。

「曲者は、あと何人いやがるんだッ」

神社の周囲は鎮守の杜《もり》で覆われている。木立が邪魔して見通しが悪い。

足元に子分の一人が倒れてきた。背に矢が刺さっている。

「しっかりしろッ」

しかし介抱している余裕はなかった。次々と曲者が襲いかかってくるからだ。

必死に斬り結んでいたその時、カンカンカンと鐘の音が聞こえてきた。

曲者たちもギョッとした様子だ。身を翻して逃げ出した。

「近くの宿場の鐘か！」

騒動に気づいて役人を呼集するために打ち鳴らされたのだろう。代官所の者たちが駆けつけてくると察知して、曲者たちは退却したのだ。

辛くも死地を脱することができた。三右衛門たちは境内に集まる。怪我人や死人も運び込まれた。

寅三が三右衛門に報告する。

「丑蔵親分の一家は、親分さんも含めて七人、殺られちまいやした。生き残ったのは三人だけです」

「オイラの子分どもは」

「松二、権七《ごんしち》、太郎十《たろうじゅう》、三吉《さんきち》が殺られやした。手傷を負った者は数えきれねぇですぜ」

怪我人の一人が莚の上で手当てを受けている。三右衛門は駆け寄った。

「巳之助《みのすけ》ッ、しっかりしろ！」

その子分の顔は紫色に変色して腫《は》れ上がっていた。息は短く、浅い。

水谷弥五郎が首を横に振った。

「矢に毒が塗られていたのに違いあるまい。異国の毒だ。どんな薬が利くのかもわからん」

「くそっ」

社の階《きざはし》の上でアレイサと半左が心配そうにこちらを見ている。

一方、源之丞は自分が倒した曲者の覆面を剝いでいる。曲者は東洋人の顔つきだった。強いて言えば彫りが深くて鼻が高いが、日本でも珍しくない風貌だ。

「異国人であっても日本人と見分けがつかねぇんじゃあ、街道も歩き放題だ。江戸までしつこく追ってくるに違いねぇぞ」

源之丞は三右衛門に声を掛ける。

「親分、話がある」

境内の隅に移動した。水谷弥五郎と寅三もついてきた。

「これからどうする。毎日こんなふうに襲われたなら、いつかは皆殺しとなろうぞ」

水谷弥五郎も「うむ」と頷いた。三右衛門に向かって言う。

「敵の狙いはあの娘だ。異国人と異国人の戦いに我らは巻き込まれたと見た」

三右衛門は怒りを隠さずに答える。

「だからってあの娘を置いてきぼりにゃあできねぇ。オイラは旦那にあの娘を託されたんだッ。……やいっ寅三！」

「へいっ」

「近在の宿場に急を報せて回れッ。宿場役人に助太刀を頼むんだッ。宿場ごとに捕り方がいるはずだぜ。集めれば百人の手勢にならぁ！　八巻の旦那の手札を翳すのを忘れるなよ！」

「合点承知！」

寅三は走り出した。

「よし、出立《しゅったつ》するぞ！　江戸に走りこめば、そこは将軍様のお膝元。さしもの悪党どもだって手は出せめぇ」

子分どもに活《かつ》を入れる。

動けぬ者と物言わぬ死体を残して荒海一家は境内を出た。

街道を進む。一人の旅人の姿もない。飛脚ともすれ違わない。子分の一人が首を傾げた。

「利根川沿いの街道ってのはこんなに静かなんですかえ？　田圃《たんぼ》にも川岸にも、人っ子一人の姿もねぇ」

三右衛門は顔をしかめた。

「誰も彼も、関わりを恐れて引きこもっていやがるのさ」

農家や漁師の家が立っている。小窓が細く開けられて、こっちの様子を窺っている。三右衛門たち一行が近づくと障子がピシャリと閉められた。

農家の裏手に井戸がある。寅三が毒づいた。

「ご丁寧に釣瓶《つるべ》の縄まで切ってやがる。俺たちには井戸も使わせねぇつもりか」

飲み水も手に入らない。川の水で代用するしかない。

さらに進んで宿場に入った。店も旅籠も表戸を閉ざしている。人の気配も伝わってこない。皆で逃げたか、息をひそめて隠れているのか。

宿場の会所の前で子分が座り込んでいた。会所とは宿場役人が詰める役所のことだ。

水谷弥五郎が驚いている。

「会所が戸を閉ざしているぞ。およそ考えられぬ。戦でもあれば話は別だが」

源之丞は「ふん」と鼻を鳴らした。

「俺たちが戦そのものなんだろうさ。異国と戦をしていると思われてるのに違いねぇぜ」

子分が立ち上がって駆け寄ってきた。

「面目《めんぼく》ねぇ。役人も、宿場を仕切る侠客の親分さんも、みつからねぇんだ」

その時、水谷弥五郎が彼方《かなた》の丘を指差した。

「見ろ」

皆が一斉に目を向ける。丘の上に何十人もの姿があった。宿場役人や侠客たち、旅籠で働く男と女だ。皆、きびしい顔つきでこちらを見下ろしている。無言である。誰も一言も発しない。

寅三は「ぺっ」と唾を吐いた。

「こっちを助けてくれよう、ってぇ様子にゃあ見えねぇな」

三右衛門は気を取りなおして肩をそびやかせた。

「行くぞ！」

足どりも重く宿場を離れる。源之丞が「やれやれ」と呟いた。

「異国人への詮議は厳しいからな。迂闊に助けたりしたら死罪もあり得る」

子分たちは一斉に振り返って、アレイサの顔を見た。この娘がいるかぎり苦難は続く。そして、江戸で待っているのはキリシタンと疑われての死罪かも知れない。皆、そう考えたのだ。

「やいっ、前を向いて歩きやがれッ」

一人、三右衛門だけが振り返らずに歩いている。

＊

二日目の夜になった。今夜も荒海一家は、粗末な神社を見つけて宿を取った。

食べ物がない。目の前には大河が広がっているのに干し魚の一尾《いちび》も手に入らない。飢えていては体温も上らない。冷たい風が骨まで凍み入《しい》るようだった。

半左も食料を探して夜道を彷徨《さまよ》った。自分は飢えにも耐えられる。海難の漂流時には骨と皮ばかりになったが死ななかった。しかしアレイサは良家の子女だ。飢えには弱いに決まっている。

夜道を進んでいくと、ふいに目の前に真っ黒な影が立ちはだかった。半左は空腹で気もそぞろだ。あやうくぶつかりそうになった。

「何をしておる。粗忽者《そこつもの》めが！」

叱られて我に返った。

「岡之木様」

「メリケンの娘を仕留めよ、と命じたであろう。何をしておるのだ」

鋭い眼光で睨みつけてくる。異国の凶賊たちも一緒だ。返事を間違えるとこの場で殺されてしまいそうだった。

「あ、荒海一家の子分衆の見張りが厳しくて……」

「うむ。あの者ども、なかなか手ごわい連中であるな」

「へ、へい……」

「じゃが、連日連夜、我らが休みなく襲い続ければいつかは力尽きようぞ。それでも音《ね》をあげぬのであれば、秘策も用意してある」

「秘策？　それは、いったい……」

「お前たちが今、旅をしている利根川だが、この先に木下《きおろし》河岸《がし》がある。名前の通りに、山々から伐《き》り出してきた材木を川に下ろす場所だ」

丸太を筏《いかだ》に組んで、材木の消費地である江戸まで利根川を使って曳航《えいこう》するのだ。

「河岸には手賀沼《てがぬま》の貯木場があり、下流には渡し場がある。我らはメリケン娘の一行を襲い、渡し場に追い込む」

岡之木は地図を開いて示しながら語り続ける。

「追い詰められた一行は、メリケン娘を舟に乗せて川を渡そうとするはずだ。その時こそが我らの好機だ。貯木場の丸太を切って放つ！　貯木場は堤と堰《せき》で水が貯められている。堰を壊せば水が溢れ出て材木を押し流すのだ」

堰とはダムのことだ。

その光景を想像して半左は身震いする。岡之木は得意気に続ける。

「勢い良く流れ落ちてきた丸太とぶつかったなら、渡し舟など木《こ》っ端《ぱ》みじんだ。運良くその場は助かったとしても、水に落ちて溺《おぼ》れ死ぬことは必定だな」

半左はゴクリと唾を飲んだ。

「へ、へい……」

「娘を渡し舟に乗せたなら、お前は合図を寄越すがよい。着ている半纏を脱いで振るのだ。それが合図だ。わかったな」

「へい……」

「よし、行けッ」

半左は転げるようにして走り出した。

四

雨が降ってきた。上空を黒い雲が覆い尽くしている。ただでさえ日が短い季節なのにさらに天地が暗くなった。

荒海一家は泥水を踏みながら進む。古びた笠と蓑《みの》だけが雨具だ。雨水を吸った着物が冷たく肌に張りついていた。

寅三は笠を持ち上げて空を見上げた。

「そろそろ今夜の塒《ねぐら》を探さなくちゃならねぇな」

濡れきった体で夜を過ごせば凍死の危険もある。

若い子分の一人は青い顔をしてガタガタと身を震わせている。

「兄貴、こうなったら旅籠に押し込みましょうぜ」

「馬鹿野郎ッ」

寅三は怒鳴り返した。

「江戸の同心様の手先を務める俺たちだぞ。押し込みなんかできるもんかよ！」

「だけど……、このままじゃあ、異国のお姫様まで凍え死んじまいやすぜ」

寅三も困惑するしかない。

こんな時、窮地に陥った旅人に救いの手を差し伸べてくれるのは寺院の役目だ。

しかしキリシタンの異国人が一緒では、どうにもならない。寺も山門を閉ざしている。

アレイサも疲労困憊だ。ヤクザ者でも音をあげるほどの飢えと氷雨《ひさめ》なのだ。若い娘にはますます辛い。

汚い蓑を羽織っていたが、藁《わら》の擦り切れた古物だ。雨水も染みてしまう。

「アレイサ様、しっかりなさってくだせえ」

半左は自分の蓑を脱ぐとアレイサの蓑に重ねて着せた。

アレイサは半左を見つめ返す。何か言おうとして口を開きかけた。その瞬間であった。

「敵襲だぁ！」

列の後方を歩いていた子分が叫んだ。皆が一斉に振り返る。叫んだ子分の背に矢が刺さった。子分は前のめりに倒れた。

「親分……寅三兄貴……」

そう呟いて息絶えた。

雨に煙《けむ》る街道を黒ずくめの男たちが走ってくる。

「来やがったか！」

源之丞が大太刀を抜く。水谷弥五郎は蓑を急いで脱いだ。斬り合いの邪魔になるからだ。

二人は敢然と駆けていく。街道の真ん中で異国のならず者たちと激突した。

「アィ──ーッ！」

両手に青龍刀を持った漢人剣士が斬りかかってくる。源之丞はカッと目を怒《いか》らせた。

「いつまでも同じ手が通じると思うなよ！」

ブウンと唸りをあげて大太刀が振り抜く。漢人剣士は青龍刀で受けたが、片手持ちなので受け止め切れない。腕を弾《はじ》かれて体勢を崩した。

「どおりゃっ！」

すかさず源之丞は鋭い足蹴りをお見舞いする。ガツンと蹴られた漢人剣士が真後ろに吹っ飛んだ。

がら空きになった漢人の腹に大太刀の切っ先を叩き込む。渾身《こんしん》のひと突きだ。

漢人は鎖帷子を着ている。とはいえ肋骨《ろっこつ》の三本ぐらいは折れたはずだ。

倒れた漢人剣士を庇って別の曲者が立ちはだかる。今度は巨漢だ。鉄の棒を振り回して殴りかかってきた。

「面白れぇや！　力比べといこうぜ」

重い金棒と大太刀とを叩きつけて戦う。どちらが先に息切れするかの勝負であった。

水谷弥五郎もトンファーの空手遣いと戦っている。幻惑的な動きに惑わされることもなく、刀で敵の攻撃を弾き続けた。

源之丞と水谷が立ちはだかっている間に、荒海一家はアレイサを逃がすために走る。そこにも曲者たちが群がってきた。子分たちは竹槍で応戦した。その間にも矢が飛んできて、一人、また一人と倒れていく。

「親分ッ、あそこに水車小屋がありやすぜ！」

子分の一人が指差した。

「よしっ、そこだ！」

アレイサを守るには安全な場所が必要だった。三右衛門は戸を開けるとアレイサと半左を押し込んだ。後ろ手に戸を閉めると長脇差を引き抜いた。

「荒海ノ三右衛門が相手してやるッ。どっからでもかかってきやがれッ」

追ってきた曲者を一喝して斬りつける。足を飛ばして曲者を蹴り転がすと、長脇差を逆手に握り直し、敵の胸を突き刺した。

寅三も激闘の最中だ。返り血で真っ赤の姿で駆けてきた。

「親分、この先に渡し場がありやす！　舟で川を渡っちまえば曲者どもも追っては来れめぇ」

その声を聞いて半左はハッとなった。三右衛門の声も戸外から聞こえてくる。

「よぅし、渡し舟を探してこいッ」

寅三が走り去っていく。足音でわかった。

狭い小屋の中で半左は外の様子を窺い続ける。

水谷が源之丞を庇《かば》いながら逃げてきたようだ。

「わしと源之丞で曲者の二人を倒した。だが、まだまだ湧いてくるぞ」

「俺の傷は浅手だ。たいしたことはねぇよ」

三右衛門が二人を励ましている。そういう声が外から聞こえる。

「今、寅三に渡し舟を探しに行かせた。ここが踏ん張りどころでぃ！」

小屋の戸が開けられて三右衛門が入ってきた。アレイサの前で片膝をついて低頭した。

「あとちっとの辛抱だ。舟の用意ができたら渡し場まで一目散に走りやすぜ。身体を休めておいておくんなせぇ」

半左が通訳する。アレイサは血の気の引いた顔を三右衛門に向けた。

「わたしを敵に引き渡してください」

三右衛門に英語は通じない。半左に目を向ける。半左は通訳した。すると三右衛門は、

「冗談言っちゃいけねぇや」

と答えた。通訳するとアレイサは困惑の表情となった。

「……どうしてわたしを敵に引き渡さないのですか。悪者たちが狙っているのはわたしです。引き渡せば、あなたたちは助かるでしょう」

「お嬢さん」

三右衛門は土間に手をついた。ヤクザの世界ではもっとも畏《かしこ》まった姿勢だ。上目づかいにアレイサを凝視する。

「オイラは江戸の悪党だが、南町の八巻様っていう、ご立派な旦那のご下命を奉《ほう》じておりやす。その旦那が、あなた様をお守りしろと、オイラに命じてくださったんでございやす」

「命令されたら命も捨てるのですか」

「いいや」

三右衛門はニヤリと笑った。

「おいらは生来のへそ曲がり。命令なんかされようもんなら殴り返すのが性分だ。ですがね、あの旦那だけは違うんだ。こんな薄汚れた世の中で、あのお人だけは真っ直ぐな性根で生きていなさる。そんな真っ直ぐなお人が、お姫様のお命は守らなくちゃならねぇって言ったんだ。オイラはそのお言葉を信じやすぜ」

三右衛門は自分の熱弁が照れくさくなったのか「へへっ」と笑った。

「オイラも水谷弥五郎も悪党だ。いずれは獄門台で死ぬはずだったんだ。源之丞だって同じだ。毎日喧嘩に明け暮れていたんじゃあ、いずれは切腹だったろう。そんな目に遭わずにすんだのは八巻の旦那のお陰だぜ。旦那が、オイラたちに、真っ直ぐに生きる甲斐《かい》ってもんを与えてくださったんだ」

半左はアレイサに通訳する。通訳をしているうち、半左の胸にも激情がこみ上がってきた。三右衛門の独白は続く。

「オイラたちみてぇな悪党が、今じゃどうだい。日本国の行く末を背負って戦ってるってぇんだからなァ。それもこれも旦那のお陰だ。オイラたちみてぇな悪党を、旦那はまっすぐに信じてくださる。どんな大事もオイラを信じて託してくださるんだ。オイラたちはあんたを守って死ぬぜ。死んだって悔やむことはねぇ。旦那がオイラたちに一世一代《いっせいいちだい》の死に場所を用意してくださったんだ。だからな、お姫様。あんたには踏ん張ってもらわなくちゃならねぇ。敵に降参しようなんて考えは、金輪際《こんりんざい》、捨ててもらわなくちゃならねぇぜ」

アレイサも心を打たれた顔つきで頷いた。

泥を撥ねる足音が戻ってきた。寅三が飛び込んでくる。

「親分ッ、渡し舟をみつけやした！　呆気《あっけ》なく三艘も押さえやしたぜ。これでみんな揃って川を渡れやす」

「でかした！　向こう岸に渡っちまえばこっちのもんだ。ようし、行くぜ！」

三右衛門が腰を浮かせた。

その目の前に半左は転がるように駆け寄った。土間に額をこすりつけて土下座する。

「親分ッ、すまねぇ！　オイラを許してくれッ」

「おい、急にどうした？」

「渡し舟は罠《わな》だッ。行っちゃあならねぇッ」

三右衛門は目をギロリと光らせた。半左の前に片膝をつく。

「どういうことだ。何を知ってる？　落ち着いて話してみろィ」

＊

手賀沼から利根川まで運河が伸びている。水が塞《せ》き止められて貯木場を成していた。山から伐り出してきた丸太が浮かべられている。

運河の先に木下河岸がある。江戸時代には利根川沿いで一二《いちに》を競う豊かさで、大きな街を擁《よう》していた。

丸太が流れ出さないように堰が組まれている。堰の水門を開け放つと丸太は河岸まで流される。なるべく人の力をかけずに重い材木を運びたいので、考え出された仕組みであった。

その堰の上に琉球の空手遣いの五郎が立っていた。下流の渡し場を遠望する。渡し場には小舟が見える。白いドレスの人物が川原に下りてきた。

「来ました!」

五郎が叫ぶ。岡之木幻夜と異国のならず者たちが集まってきた。

岡之木が命じる。

「半左の合図と同時に堰を切る! 皆、支度いたせッ」

ならず者たちは偃月刀《えんげつとう》や槍、毒矢の弓と箙《えびら》など、得意の武器を手にしていたが、それらをいったん川原に置いて、斧《おの》に持ち替えた。

堰は材木で土留めがされている。荒縄で固く縛られていた。その縄を斧で断ち切れば堰が崩れて濁流となり、丸太が渡し場を襲うのだ。

渡し場で半左が半纏を振った。曲者たちはそれを視認した。岡之木が「よしっ」と叫ぶ。

「合図だ! 皆の者、縄を切れッ」

曲者たちが斧を振り上げた、その時。背後の藪《やぶ》から三右衛門が飛び出してきた。

「悪党どもッ、やりたい放題はそれまでだぜ！　関八州《かんはっしゅう》にその名の知られた同心様、八巻の旦那の一ノ子分、このオイラこそが荒海ノ三右衛門だ！　わざわざ名乗るもおこがましいが、手前ぇたちにお縄を掛けに来てやったぜ！」

岡之木は動揺を隠せない。

「貴様ッ、どうしてここに……ッ」

「八巻の旦那の一ノ子分を舐めるんじゃねぇや！　手前ぇたちの悪巧《わるだく》みなんざ、とうの昔にお見通しなんだよッ」

荒海一家の子分たちが竹槍を手にして現われる。三右衛門は檄《げき》を飛ばした。

「悪党どもを一人残らず叩きのめしてやれッ」

「おう！」と答えて子分たちが踏み出してくる。

異国の悪党たちは武器を川原に置いてきたことを思い出し、取りに戻ろうとする。その目の前に源之丞が大手を広げて立ちはだかった。曲者たちが踏鞴《たたら》を踏んで行き場を失う。

その隙に水谷弥五郎が武器を拾って川の中へと投げ捨てはじめた。青龍刀や楯は水に沈み、トンファーや毒矢は流れていく。

源之丞はニヤリと笑う。

「武器がなくちゃあ満足には戦えめぇよ。毒矢が飛んでこなければ、こっちのもんだ」

水谷弥五郎も刀を抜いた。

「覚悟せいッ!」

異国人たちがそれぞれの母国語で悪態をついた。手にした斧で襲いかかってくる。しかしやはり、使い慣れない武器だ。大振りするばかりで源之丞たちからすれば避《よ》けるのになんの苦労もいらない。源之丞はヒラリと身をかわすと拳を相手の顔面に叩き込んだ。

鼻の骨が砕ける。顔面が陥没するほどの強打だ。

「グハッ!」

ならず者は鼻と口から血を吹いて倒れた。

水谷弥五郎も異国人と向かい合っている。敵が斧を振り下ろしてきたところを刀で合わせて打ち払った。斧の重さに振り回されて曲者は足をよろめかせる。そこにすかさず刀を一閃、相手の胴を強《したた》かに打った。

肝臓を強打されると人は立っていられない。クタクタと身をくねらせて倒れた。水谷は冷徹に見下ろす。

「峰打ちだ。安心せい」

日本語が通じたかどうかはわからない。

子分たちは竹槍を連ねて悪党たちを包囲していく。〝槍衾《やりぶすま》〟だ。悪党たちは必死に斧を振り回すが隙が大きい。

「殴れ殴れッ、手を休めるなッ」

寅三が子分たちを励ます。竹槍が上下に振られて真上から異国人たちを叩き続けた。何本もの槍で殴られて、異国人たちはついにその場に倒れた。

一方的な暴力である。不意を突かれて動揺しているうえに武器を奪われた。どうにもならない。異国人たちは次々と捕まって縛りつけられていった。

三右衛門が子分たちに命じる。

「オイラたち一家を罪に陥れ、八巻の旦那のご面目にも泥を塗ろうとした奴らだッ。遠慮はいらねぇ！　きつく縛りつけてやれッ」

その時、源之丞が叫んだ。

「あいつら、逃げていくぞ！」

岡之木幻夜が三人ばかりの配下に守られながら逃げていく。三右衛門も目を向けて舌打ちする。

「なんて早い逃げ足だ！　手下を置き捨てにして逃げるなんざ、悪党の風上にも置けねぇ！」

「追うぞ！」

走り出そうとした源之丞を水谷弥五郎が止めた。

「我らの使命はアレイサ殿を江戸に連れていくこと。敵が逃げたのであれば幸いだ。三右衛門、この隙に渡し舟で対岸に渡ろうぞ」

「よし、お縄に掛けた悪党どもは木下河岸の役人に任せるぞッ。オイラたちは江戸に急ぐぜ！」

五

昼下がりの江戸。初冬であるが暖かな日和だ。

神田《かんだ》の町人地。目抜き通りを商人の二人連れがお喋りしながら歩いている。

「偉いお公家様が、江戸に下向《げこう》してこられたそうですな」

「なんでも文章生《もんじょうしょう》だと聞きましたよ」

「文章生といったら、都の大先生ですな」

律令時代の日本には大学寮という学校があった。学長は文章博士《はかせ》と呼ばれた。文章生はさしずめ教授といったところだ。

「まだお若いのにたいしたものですなあ」

「江戸中の評判ですよ。和歌の添削のひとつもして頂かないことには粋人《すいじん》の面目が立たない」

和歌の大先生が来たのであれば是非ともお近づきになりたい。さもないと、吉原《よしわら》でも深川でも肩身の狭い思いをさせられてしまう。

こういう見栄に命を懸けるのが江戸っ子なのだ。

「神田近衛御殿《このえごてん》にご逗留《とうりゅう》だそうで」

「早速にもご挨拶に伺わないといけませんなぁ」

などと言いあいながら商人二人は通りの角を曲がって消えた。

その背中を美鈴が黙って見送っている。

「神田近衛御殿か……」

そう呟くと、決然として歩き始めた。

江戸の将軍は、京の帝より正二位右近衛大将《しようにいうこんえのだいしよう》の官位を受けている。武家の棟梁《とうりよう》であると同時に朝廷の公卿《くぎよう》でもあったのだ。

江戸城で行われる数々の行事でも、右近衛大将としての姿と格式を求められる。装束を調えることから始めて、行事の式次第や立ち振る舞いにまで、多くのしきたりを正しく守らなければならなかった。

儀式では雅楽の名人が演奏し、舞を踊る。すべて公家の人々だ。

何事につけて公家の専門家による手助けが必要であり、そのための公家が京から招聘《しようへい》されてきて、江戸に常勤することもあった。

こうした公家は〝幕府昵懇衆《じつこんしゆう》〟と呼ばれた。神田には公家のための旅籠が建てられている。旅籠とはいえども規模は大きくて豪華だ。神田近衛御殿と呼ばれていた。

京都の公家は歌道や蹴鞠《けまり》などの家元でもあった。公家の誰かが江戸に下向してきたと聞きつければ、多くの趣味人が手ほどきを受けようと押しかける。免状を頂戴する際には礼金もたくさん支払われた。貧乏な公家にとって、江戸への下向は、一財産作る好機でもあったのだ。

商人が差し出した和歌の短冊を、公家が添削している。

「よろしいでしょう。腕を上げたでおじゃるな」

公家は朱筆を手にしていたが、手直しすることなく短冊を返した。直すところはひとつもない、という意味だ。

商人は大感激して身を震わせた。

「そ、それでは……、手前もいよいよ免状を頂戴できるので？」

「切り紙免状でおじゃるよ」

免状はおおよそ、初伝、中伝、奥伝に分かれている。まずまず初伝には達した、という証明書が切り紙免状なのであった。

公家は半紙を切って免状をしたためていく。商人のほうは慌てて巾着袋を開けて礼金を用意しだした。

公家のお付きの青侍が三方を手にして入ってきた。手回しよく礼金を頂戴しようというのだ。

免状と小判が交換され、商人は笑顔の目尻に涙を浮かべながら退席していった。

公家は座敷の杉戸に顔を向けた。

「お次の方」

声を掛けると杉戸が開けられた。男装をした女武芸者が足を運んできて外の廊下に正座した。しかし低頭はしない。隙のない姿だ。両目はキッと公家を見据えていた。

公家は「ああ」と声を漏らして、ほんのりと微笑んだ。

「先夜、荷車の用心棒をしていたお人でおじゃるな。〝麿の貌《かお》〟を存じておったようじゃ。しつこく追いかけてくると思ぅたでおじゃるが、とうとう神田近衛御殿にまで押しかけて参ったのか」

美鈴は腰の脇に置いた刀を握った。

「清少将、覚悟!」

「おお……」

公家は激しく感情を動かした様子で、目を閉じて天を仰いだ。

「やはり、弟に関わりのあるお人でおじゃったか」

「弟?」

「いかにも。麿の名は清原権中将。清原は略して清家《せいけ》と呼ばれる。よって清中将じゃ。とくと見知り置くように」

「中将様？　すると、清少将は？」

「麿にとっては腹違いの弟。面差《おもざ》しは麿と瓜二つでおじゃったが、性根の歪んだ男でのう……。悪行の果てに江戸の同心の、八巻なる者に斬られたと聞いたが、そこもとは八巻の縁者でおじゃるのか」

「わたしは……」

なんと答えたものか返答に困る。「許嫁《いいなずけ》です」と言いたいけれども、美鈴の嫁入り先は、なんだか知らぬが三国屋になりそうな雰囲気だ。

しかも最近の卯之吉は将軍家御用取次役の八巻大蔵でもある。美鈴が嫁入りするとしても、どちらの家にどういう身分で輿入《こしい》れすることになるのか、さっぱりわからない。なので結婚の手続きも進まない。

顔を真っ赤にして考え込んだり憤慨したりしている美鈴を、中将は（この娘はいったいなんなんやろなぁ？）という顔つきで見ている。

「……八巻家の武家奉公人です」

銀八と同じ身分だ。悔しいけれど。

「左様でおじゃるか。それがゆえに麿を少将と見間違えて、乗り込んでまいったわけじゃな？」

「とんだご無礼をいたしました」

「かまわぬ。麿の家とて弟のごとき凶賊を出した事実は秘めておきたい。よってそのほうの無礼を表沙汰にもできぬ」

中将は端正な貌を窓に向けた。なにやら物思う表情だ。

「弟か……。思えば哀れな男であった。母こそ違えど麿と同じ顔に生まれ、何かにつけて麿と比べられた。正直に申そう。学問の才、和歌の才、管弦の才、舞楽の才、すべてにおいて麿より弟が勝っておった」

「あの清少将が、そんなすごいお人だったのですか」

中将は悲しい顔でコクリと頷いた。

「なれど、弟の母親は側室じゃ。母の身分は子にもついて回る。いかに才能に優れようともいかんともしがたい。不出来な兄である麿が清原の家を継いで中将にまで出世した。弟とすれば、妬《ねた》ましくてならなかったでおじゃろう」

中将は悩ましげにため息をもらした。

「弟は、次第に悪い遊びを覚えてのめり込んだ。悪党どもとつるんで追剥《おいはぎ》や強盗を働くようになった。ついには大臣《おとど》の耳にまで達し、きつい仕置きが加えられることになったのじゃ。弟の乱行をそのままにしておけば公家と朝廷の面目に傷がつく。そう判断なされて弟は身分を消された。最初からこの世に生まれなんだことにされたのでおじゃる」

町人でいうところの〝帳外《ちょうはず》れ〟だ。戸籍抹消の刑である。刑罰の連座制度があった時代、犯罪者はその家族にまで入牢や遠島、罰金が科せられた。だから戸籍から外す対処も、時には必要だったのだ。

中将の頰を涙が伝った。

「哀れでならぬ。麿と同じ顔に生まれながら、どうしてそこまで差をつけられねばならぬのか。麿が晴れがましい姿で帝に近仕する様を、弟は物陰から盗み見ることしかできぬ。弟は己の貌を呪ったであろう。兄弟相剋《そうこく》の、なんというおぞましさか……」

中将は貌《かお》を袖で覆って泣き崩れた。

美鈴としては言葉もない。弟の少将は人間の感情の欠落した蛇《くちなわ》のような男であった。その分、兄のほうは感情が豊かだ。感受性など、そういったものを兄がぜんぶ吸い取って生まれてきたのかも知れなかった。

第五章　深川大宴会

一

「さぁさぁ皆さん、今宵は無礼講でございますよ〜。派手に楽しくやって参りましょう」

卯之吉が宴席の真ん中で踊っている。芸妓《げいぎ》たちが三味線と太鼓を鳴らし、謡《うた》いの声を競わせた。

広い座敷にアメリカ海軍の士官と水兵たちが座っている。畳に直には座れないというので、畳を何枚も重ねて即席の椅子を作った。

卯之吉はクルクルと舞い踊る。小粋なんだか気色悪いんだか判別のつきかねる踊りだ。トマスも首を傾げさせた。

「海に漂う海草のような動きだな」

などと副官に囁いた。

一方の卯之吉は絶好調である。いつもより余計にクルクルと回っている。

「長いこと船で揺られて、さぞお疲れにございましょう。あたしも大坂から江戸まで船で旅したことがございましたが、ただ立っているだけでも踏ん張っていないといけない。足腰にひどく応《こた》えたものですよ。皆様にとっては久しぶりの陸地にございます。美味しいお酒とお料理もご用意いたしました。さぁ、存分に召し上がれ！」

まくし立てられて通詞は大忙しだ。選り抜きの深川芸者の美人どころが酌をして回る。酒が入れば気の良い海の男たちだ。すっかりご機嫌になってしまった。

「ようし、次はアメリカ人の番だ！」

水兵が三味線を借りるとギターのように弦を調律する。三味線には慣れぬがギターの名手であるらしい。アメリカ民謡を伴奏し、それに合わせて水兵たちが歌いだした。

卯之吉は「ああ！」と歓声を上げる。

「これが海の向こうの小唄《こうた》かえ！　お聞きよ銀八。素晴らしいじゃないか」

い。

「大丈夫さ。ここはあたしの馴染《なじ》みの店だし、ツケも溜まっちゃいないよ」

いや、支払いの心配とか、そういう話ではない。しかし卯之吉には通じるま

「メリケンのお人たちを勝手に深川に連れてきたりして、大丈夫なんでげすか」

銀八は根っこの部分で常識人だ。

「へ、へい……」

ドタドタドタと荒々しい足音が近づいてきた。

「ほぅら、来たでげすよ。お役人様でげす。もしかしたら老中様かもしれねぇでげすな。いったいどんなお咎めがくだることやら……くわばら、くわばら」

襖を開けて顔を出したのは、南町奉行所の内与力、沢田彦太郎であった。宴席に居並ぶ異国人を見て仰天した。

「ややッ、これはどうしたことじゃ！　うぬっ、八巻ッ！」

小声で卯之吉を呼ぶ。手招きもした。

「おや、沢田様。あたしが宴席を張っていると知って乗り込んでいらっしゃいましたか。さすがでございますねぇ。遊び人がすっかり板についてきましたよ」

「違う……ッ」

卯之吉を廊下に引っ張りだす。

「異国人を深川に連れてくるとは、いったいどういう了見かッ！　公儀が鎖国を祖法としていることを知らぬわけがあるまいぞッ」

顔を怒らせてグイグイ迫るが、卯之吉にはまったく通じない。

「上様から命じられましてね。異国人との交渉は、あたしの好きなようにやって良い、ってことになってるのですよ。ですから好きなようにやらせていただいております」

「好きなように遊んで良い、という意味ではなかろうぞ！　異国人が上陸したことが世間に知れたらどうなるッ。大騒動になるぞ！」

「今夜の深川は町中が全部あたしの買い切りですから、ご心配なく。他の客は町の中に入れない約束になってます」

「すべての店を貸し切りにしたと言うかッ」

いったいいくらの大金がかかるのか。町奉行所の内与力もしょせんは小役人。まったく見当もつかない。

菊野も妖艶な笑みを浮かべてやってきた。

「口の堅い芸者と芸妓を選んでいますよ。余所《よそ》に洩《も》れる心配はござんせん」

「お前まで一枚噛んでいるのかッ」

トマスがこっちを見ている。通詞に何事か囁いた。通詞が沢田に訊ねる。

「そなたは何者か、とトマス大将がお訊ねにございまする」

「た、大将ッ？」

日本では、大将といったら正三位近衛大将《しょうさんみこのえのだいしょう》か、征夷大将軍か、どちらかである。とてつもなく偉い。

「へへーっ」とカエルのように平伏しそうになったところを卯之吉に止められた。

「遊里でそんなご挨拶は無粋ってもんですよ。今夜は無礼講ですからお気遣いなく」

そうは言われても異国の大将軍を前に突っ立っていられる度胸は沢田にはない。

通詞が重ねて問うてきた。

「身分は何か、とのお訊ねでございます」

「せ、拙者は江戸の町の犯罪人を取り締まる役儀に就いておりまして……」

通詞の説明にトマスは大きく頷いた。

「オゥ、ポリスマン」

沢田は卯之吉に聞く。

「ポリスマンとはなんじゃ」

「町奉行所のお役人のことみたいですねぇ」

「『仰せの通りにございます』と彼《か》の国の言葉でお答えするには、なんといえば良いのじゃ」

「イエース、と言ってれば良いみたいですよ」

沢田は作り笑顔を浮かべた。

「イエース、ポリスマン！」

それからも和気藹々《あいあい》と酒宴は続いた。沢田は落ち着きなくソワソワしながら思案を巡らせた。

「いかん、いかんぞ。わしの一存で始末のつく問題ではないッ。この事、急ぎ甘利様に報せにゆかねば……」

「沢田様」

卯之吉が急に真面目な顔となった。

「甘利様のところに行かれるのでしたら、これをお渡し願いませんかね」

懐から書状を出して託す。

「それじゃあ、頼みましたよ」

卯之吉はスウッと座敷に戻った。廊下に取り残された沢田彦太郎は憤慨する。

「このわしを文使いにするつもりかッ」


ともあれ沢田彦太郎は働き者だ。急いで甘利備前守の屋敷に駆け込んだ。

「……という次第でございまして、八巻のやつめはメリケン人の大勢を深川に連れ込んでおるのでございます」

この報告には甘利も愕然《がくぜん》となった。言葉を失っている。

沢田は、どうにかして自分の責任だけは逃れたいと思っている。

「八巻のやつめ、拙者が叱りつけましょうとも『上様より一任されている』の一点張りでございまして……上様を持ち出されては、さすがに拙者もいかんともしがたく……」

チラリ、チラリと上目づかいで甘利の顔色を窺う。

「いかが取り計らえばよろしいでしょうか？」

いかがと訊かれても甘利にも妙案はない。代わりに聞いた。

「八巻は、なんぞ口上を述べなかったのか！」

「ああ、そうです」

沢田は懐から書状を出して差し出した。

「これをご披露いただきたいと、預かってまいりました」

「そなたは内与力の要職にありながら、文使いしかできんのか！」

痛いところを突かれて顔をしかめるしかない。

甘利は書状を広げ、行灯の明かりに翳《かざ》して読み始めた。その顔色がみるみるうちに変わっていく。

「こっ、公儀の船が、メリケン船を砲撃したとの疑いを持たれておるじゃと？」

「なんですと？　まさか上様がそのようなご下命を？」

「馬鹿を申すなッ。ご賢明なる上様に限って、かような乱暴を働かれるはずがないッ。八巻も『急ぎ公儀の濡れ衣を晴らすべき』と申しておる。一大事じゃ！沢田ッ、公儀の総力をもってまことの下手人を見つけ出さねばならぬッ」

「ハッ、ハハーッ！」

「なるほど、それゆえの宴席か。酒宴で酔わせて時間を稼ごうという八巻の策じゃな！　八巻め、気の利いたる振る舞いをいたすものよ！　見直したぞッ」

「いや、それは……」

違うだろう。卯之吉は深い考えもなく、ただ単に、異国の珍客と宴を張りたくなっただけだ。心底からの遊び人だ。沢田はよく知っている。

しかし、老中に説明しても理解はされまい。卯之吉を理解できる人間などいない。それに説明している時間も惜しい。

「我ら南町奉行所一同、早速にも調べに取りかかりまする！」

沢田はこれ幸いとばかりに立ち上がった。

＊

全身黒ずくめの曲者たちが闇の中を駆けてきた。

彼方に明るい街が見える。深川だ。賑やかな宴会の喧噪《けんそう》が聞こえてきた。

黒ずくめの男たちにとっての宿敵――卯之吉の宴会なのだが、もちろんそんなことまではわからない。

高隅外記も現われた。覆面の曲者たちに順に目を向ける。

「間もなくこの地にメリケン国の娘がやってくる。ぷれじでんとからの密書を運んできたのだ。その密書をトマスに渡してはならぬ。必ず奪い取れ」

曲者たちは大きく頷いた。声は発しない。

岡之木幻夜が訊き返した。

「その娘、殺すのではなかったのか」

「事情が変わった。島津の陰謀は将軍家に知られたはずだ。こうなっては、将軍家とメリケンを脅す人質も必要なのだ。あの娘ならばトマスを牽制できるはず」

「なるほど。心得ました」

岡之木と異国のならず者たちは、足音もなく走り去った。

二

深川の宴席は大盛りあがりだ。卯之吉もご満悦である。

「どうだい銀八。肌や目の色は違っても同じ人間。酔えばただの人じゃないか」

「それは仰る通りでげすが、質の悪い酔っぽらいが出るのも同じでげす」

芸者に絡む水兵たちを上手に引き剝がさねばならない。席を取り持つ幇間は大忙しだ。

卯之吉はトマス提督に絡みついていく。

「ここは江戸の東の外れ。下総《しもうさ》の街道を旅してくるアレイサ様が最初に踏み込む街でございます。ここで待っていれば……そうですねぇ。早ければ今宵のうちにもご到着なさるでしょう」

通訳を受けたトマスは大きく頷いた。

「何から何まで世話になる。無事に娘が戻ってきたなら、合衆国と日本の友好は堅固で確実なものとなろう」

通詞が通訳する。さらにトマスの言葉を続けた。

「鉄砲を、あらためて日本国に買ってもらいたい、とのお言葉でございます」

卯之吉は首を傾げた。

「鉄砲ねぇ……。今の日本には、大げさな武器を使って戦うお相手がいないんですよねぇ。だから無用の長物《ちょうぶつ》にしかなりませんねぇ」

通詞がちょっと驚いた顔をした。言葉を伝えるとトマスも驚いた表情となる。

卯之吉は、続けてさらにトマスが驚くべき物言いをした。

「せっかくのご好意を無下《むげ》にはできませんねぇ。それでしたら、鉄砲や大砲を作る職人さんを連れてきていただけませんか。学びたいことならいっぱいあります。あたしたちはねぇ、欲しい物は自分で作りたくなるんですよ」

「自分たち日本人で作るから、アメリカから買う必要はない、ということか」

「まあ、そういうことですかねぇ」

トマスは「ううむ」と考え込んでしまった。

ヨーロッパ人は大航海時代以降、様々な地域で有色人種と接触してきた。いろいろな物を売りつけてきた。しかしいまだかつて「実物はいらない。作り方を教えろ」などと言ってきた民族はない。少なくとも記録にはなかった。

トマスは卯之吉をじっと見つめながら言った。

「日本にはコバンがたくさんあると聞いている」

「ありますねぇ。あたしの家にはとくにたくさんあります。置き場に困って邪魔なくらいだ」

「しかし日本には物がない。軍艦もない。鉄砲も大砲もない。アメリカは日本に軍艦を売る用意もある。日本はもっと豊かな国になる」

「それでしたら日本の若い人たちを、あなたの国でご指導願えませんかね。異国には〝ゆにべるしてい〟ってものがあると聞きましたよ」

オランダ語で大学、英語ならユニバーシティのことだ。

「あたしが小判を出しますから、日本の若い人たちをそこで学ばせてやっていただけませんか」

「それが大君のご意向か」

「いいえ。あたしの一存ですけどね。上様ならば、あたしが説得いたしますよ」

「日本人には、欲しい物がないのか」

「ですから、欲しいものは知識です。知識さえあれば、あとは自分たちでなんとかして作ります。あたしの友人に若い船大工がいましてね。西洋の船を造りたいと思っている。だけど知識がないので作れない。知識さえ与えてやれば、勝手に船を作り上げるでしょう」

トマスは黙り込んでしまった。

＊

酔っぱらった水兵の二人が肩を組んで表道に出た。

今宵の深川は卯之吉の買い切りだ。なので夜道を歩いている者もいない。しかし油断はできない。異国人の姿を見られたら大騒動になってしまう。

銀八は慌てて座敷に呼び戻そうと表にでてきた。

「いけねぇでげすよ、お座敷にお戻りいただかねぇと」

しかし言葉も通じない。水兵たちは酒の入った五合徳利を持ち出して口飲みしたり、掘割に向かって立ち小便したりとやりたい放題だ。銀八は頭を抱えてしまう。

「酔っぱらいの始末におえないのは、日本人もメリケン人も同じでげす」

と、その時であった。深川の通りを東の方角から汚らしい男たちが走ってきた。よくよく見れば見知った顔だ。荒海一家の寅三である。もう一人は半左だ。髷にも顔にも全身にも、真っ黒な泥水をかぶっていた。

「銀八ッ」

寅三もこちらに気づいて駆け寄ってくる。

「寅三兄ィじゃござんせんか。半左さんも。ってこたぁ異国のお姫様もご一緒でげすか」

「ああ、すぐそこまで来ていなさるぜ」

「ああ、良かったでげす」

水兵たちもやってくる。

「ハンザ！」

半左と同じ船に乗っていた者たちのようだ。半左も英語で喋りだす。アレイサがすぐ近くまで来ていることを伝えた。

水兵二人は頷き合った。夜道に向かって歩き出す。提督の娘を迎えに行こうというのであろう。

「ちょ、ちょっと！　深川の外に出るのはまずいでげすよ！」

すると寅三が銀八を遮《さえぎ》った。

「姫様の命を狙う曲者が、しつこく追ってきやがるんだ。一家の子分も大勢やられた！　助っ人は多いほうが助かるぜ」

「そいつぁ、大《て》ぇ変《へん》だ！　あっしが若旦那に報せるでげす！　扇屋の二階座敷にいなさるでげすから」

「扇屋だな？」

「へい。三右衛門親分にも、そう伝えてやっておくんなさい」

銀八は座敷に戻った。

「若旦那！　話を聞いておくんなせぇ！」

「ああ銀八。今いいところだからちょっと待っておくれ。これがメリケン人の踊りなんだってさ」

水兵を相手に手取り足取りフォークダンスを踊っている。銀八は気が気ではない。

「それどころじゃねぇんでげすよ！」

遊興が始まったが最後、卯之吉を正気に戻すのは難しい。どうしようかと慌てふためいているうちに、また荒々しい足音が聞こえてきた。仲居が「きゃあっ」と悲鳴をあげている。

襖が開いた。血まみれの水兵二人が入ってきた。銀八は目を丸くして飛び退《との》いた。

「どうしたんでげすかッ」

水兵が英語で答える。その場にいたアメリカ人たちが一斉に立ち上がった。卯之吉だけが呑気な表情のままだ。

「どうしたんだえ？」

通詞が答える。

「サムライによって斬られた、と言ってます。アレイサ様が目の前で連れ去られた、とも」

「ええ？」

トマスが卯之吉に向かって怒鳴り、まくし立ててくる。通詞が通訳する。

「我々を騙したのか。日本は我が国との戦争を望んでいるのか、とのお訊ねです」

「いいえ。けっしてそのようなことは……」

そこへ三右衛門が駆け込んできた。

「旦那ァ！　面目ねぇッ、ここまでお連れしながら、姫様を曲者にかどわかされちまったァ！　油断したッ。深川の明かりを見て気が緩んだんだッ」

半左もやってくる。

「なんてこった……アレイサ様、あとちょっとの所だったのに……」

半左はトマスの姿を見て、思わずその場で泣き崩れた。

トマスは娘への心配で頭がいっぱいになっている。

「戦争だ！　海兵隊を上陸させるぞッ。江戸が丸焼けになろうとも娘を救い出す！　我らの船を砲撃したのも大君の仕業に違いないッ」

士官と水兵たちが敬礼した。今までの和気藹々とした雰囲気はどこへやら。日本人への敵意を向けてくる。

「ま、待ってくださいッ」

半左が英語でトマスを止めた。

「アレイサ様を誘拐《ゆうかい》したのは江戸の大君ではございません！　島津の老公の陰謀《いんぼう》

なのですッ」

「なんだと?」

「提督、私は島津家から陰謀の加担を命じられました!　ですから、この話に間違いはございません!」

トマスは半左を凝視した。卯之吉は通詞の清国人を手招きして、

「何て言ってるの?」

と訊いた。通訳をされて、

「おやまあ。そんな悪巧みだったのかね」

心底から呆れたのだが、なぜかいつでも笑みを浮かべているので、面白がっているようにしか見えない。

話を飲みこんだ卯之吉が立ち上がる。

「それじゃあ早速にも町奉行所の役人に出役を願いましょう。娘様はすぐに見つけて取り戻しますからね」

トマスが卯之吉を見た。

「ミスターヤマキ」

「あいあい」

「信じて良いのだな」

「あたしも今度ばかりは腹が立っていますよ。せっかくメリケン国の皆様と楽しく宴を張っていたのに、こんなことで水を注《さ》されるなんてねぇ。まったく許せない」

通詞は卯之吉が宴会にかける情熱を知らない。暗喩《あんゆ》だと推察して、

「合衆国と日本の友好的な外交交渉を邪魔されて怒りが収まらぬ、と言っています」

と通訳した。

「こんな悪巧みで異国と日本の交流が絶たれては大変なことになりますよ。蘭学者の一人として許せませんね。あたしに万事お任せください。上様を動かしてでもアレイサ様を取り戻します」

「ミスターヤマキ。我々は島津の老人がそんな悪者だとは思わず、新式鉄砲を十丁も贈った。敵は鉄砲を撃ってくるかもしれぬ」

通訳を聞いても卯之吉は呑気なものだ。

「おや、新式鉄砲ですか。それはちょっとばかり楽しみだ。さぞや勢い良く、弾がズドーンと出てくるのでしょうねぇ」

「撃たれるかもしれねぇって言ってなさるんでげすよ」

銀八に注意されてもどこ吹く風だ。危機感よりも好奇心が先に立っているらしい。早く鉄砲で撃たれたい、と言わんばかりだ。

卯之吉の性格を知らないトマスとアメリカ人たちは、

「なんという勇気か」

などと感心している。銀八は彼らの顔つきを見て誤解されたことを察した。メリケン人にまで若旦那の誤解は広がるのか、と、驚いた。

卯之吉は悠然と座敷を出ていく。

「旦那ッ、あっしを存分に折檻《せっかん》してやっておくんなせぇ！　お仕置きをされねぇことにゃあ、こっちの気持ちが治まらねんだッ」

三右衛門がわめきながらついていく。銀八は、

「まったく面倒に面倒が重なるもんでげす」

呆れながらついていった。

三

夜の町を同心たちが駆けていく。先頭を行くのは当然のように村田銕三郎だ。

内与力の沢田彦太郎から事情は伝えられている。

「町木戸を閉めろッ。道行く者は一人残らず詮議だッ。素性を確かめるまで通しちゃならねぇぞ！」

江戸の町のあちこちに道を封鎖する門があった。そこで検問を行うのだ。

「攫《さら》われた娘は大きな箱や俵に詰められて運ばれるかもわからねぇ！　荷車はしっかりと検《あらた》めろッ」

同心の尾上と粽はウンザリ顔である。木戸番を手配して門を閉じさせながら尾上が愚痴《ぐち》を漏らす。

「まだ宵の口だぜ。いったい何台の荷車が通ると思ってるんだ」

江戸は百万人の人口を抱えている。夜間に荷を運ばぬことには日中の商売や仕事が成り立たない。

粽は鼻を押さえている。通りかかったのは大小便を農村に運ぶ荷車だった。汚物が入った樽の蓋を開けさせて中身を確認しなければならないのだからたまらない。

「もういいぜ。早く行ってくれ！」

手を振って送り出した。

栗ヶ小路中納言の行列が島津家の下屋敷に入った。

下屋敷には倉庫の建物があるばかりで、夜ともなるとますます人気《ひとけ》が絶えてしまう。

建物のひとつに乗物の二丁が着けられた。扉が開けられる。前の乗物からは栗ヶ小路がのっそりと出てくる。後ろの乗物には悪漢たちが腕を突っ込んで、アレイサを無理やり引き出した。

アレイサの口には猿ぐつわが噛まされている。長旅の疲れと誘拐の恐怖で声も出せない状態だった。下屋敷の蔵の中に閉じ込められる。

高隅外記もやってきた。アレイサに目を向けた。

「栗ヶ小路様のお力で、無事に娘を捕らえることがかないました」

「うむ。これにより将軍家とメリケン国の戦となろう。徳川はメリケン国には勝てまいぞ」

栗ヶ小路は怪しい笑みを浮かべた。蔵に置かれた鉄砲を手に取る。

「今頃、深川では徳川の兵とメリケンの兵が睨み合っておるはず。そこに麿が一発撃ち込む。一発の銃声で戦が始まるのじゃ。かくして徳川の世は終わる。江戸は火の海じゃ。ほほほほ！　我ら公家衆を蔑《ないがし》ろにし続けた徳川め、今こそ思い知るがよい！　二百年の溜飲が下がる時がやってきたのじゃ！」

栗ヶ小路は高笑いの声を響かせた。

＊

江戸城の中奥御殿。夜になっても明かりが灯されている。

将軍は座った場所から動かない。ずっと黙したままだ。

甘利備前守が静々と入室してきた。将軍の前で平伏する。

「上様、番衆を召集すべき時かと愚考仕りまする」

番衆とは将軍直轄の軍隊のことだ。甘利は訴える。

「江戸にいる番衆だけでも、今宵のうちに千の兵を集めることが叶いまする」

将軍は甘利を見つめ返した。

「軍兵を集めて、なんとする」

「アレイサなる娘の行方次第によってはメリケン国との戦となりましょう。メリケン国の水兵は精強と見受けられまする。メリケン国の魔手より江戸を守り抜かねばなりませぬ」

将軍は考え込んだ。そして言った。

「無用のことだ」

将軍は甘利をじっと見つめた。

「我らが兵を集めればトマスはますます我らへの疑いを深めよう。幕府の兵とメリケンの兵とが向かい合うことになる。いきり立った者同士だ。一発の銃声がきっかけで大合戦となろうぞ」

将軍の顔に焦燥と憂悶《ゆうもん》が浮かんでいる。内心は不安でいっぱいだ。それでも将軍は言う。

「我らは平静を装わねばならぬ。我らが今、為《な》すべきことは、トマスを安堵させることだ。江戸は太平《たいへい》の惰眠《だみん》を見せつけねばならぬのだ」

「されど上様、それだけでは不安にございまする」

「甘利よ、余とそなたはすでに、打つべき手を打っておる。八巻に大事を託したのだ。八巻ならば必ずやアレイサを見つけ出して救い出すであろう」

「上様、八巻なる男は、上様がお考えになるような傑物《けつぶつ》ではござ――」

「信じるのだ、甘利。信じて待つのだ」

将軍は自分の言葉で自分を励ましているようだった。

＊

栗ヶ小路の乗物が深川を目指して進んでいく。

乗物の中で栗ヶ小路はアメリカの新式鉄砲を愛《いと》おしそうに撫でている。まるで猫でも撫でているような手つきと顔つきだ。

栗ヶ小路家の青侍が走って戻ってきた。

「深川には、徳川の兵も、メリケン国の兵も、どちらも見当たりません！」

「なんじゃと？」

栗ヶ小路は乗物の扉を開けて身を乗り出した。

「……どういうことでおじゃるか。島津の密偵の報せでは、深川にトマス一行がおるのではなかったか。徳川の将軍は何をしておるッ。異国人に上陸されて兵も集めぬのでおじゃるかッ」

栗ヶ小路は夜景の彼方に目を向けた。確かに深川は静まり返っている。

「おのれッ、ふざけおって！」

栗ヶ小路は鉄砲を構えた。たまたま明かりのついていた座敷に向かって引き金を引く。銃口が火を噴き、轟音《ごうおん》が響きわたった。

「島津の下屋敷に帰るでおじゃる！」

癇癪《かんしゃく》を起こした子供のような口調で命じた。

ピューンと甲高い音がした。と思った直後、座敷の柱が砕けて散った。

トマスと士官たちが一斉に身を伏せる。

「銃撃だ！」

水兵たちが膝立ちに鉄砲を構える。仲居たちが悲鳴をあげる。料理をのせた膳が蹴られて皿の割れる音がした。

「うろたえるんじゃないよ！」

叱ったのは菊野だ。仲居を叱ったのだが、水兵たちまでビクッと身を震わせた。

そのまましばらく皆で息を潜めていたが、二発目の銃弾が撃ち込まれることはなかった。

「ただの嫌がらせか」

そう言ったのは内与力の沢田彦太郎だ。

菊野が立ち上がって柱に顔を近づけた。撃ち込まれた弾を見つける。

沢田彦太郎もやってくる。柱に食い込んだ弾を、小刀《しょうとう》を使ってほじくり出した。

菊野はその銃弾をじっくりと見る。

「これは日本の鉄砲の弾じゃあござんせんね」

「どうしてそんなことがわかるのだ」

「あたしも子供の頃は、信濃の猟師の家で暮らしたこともござんしたのさ。鉄砲は見慣れてるんでござんすよ」

菊野は弾をトマスに示した。

「日本の火縄銃の弾は丸いんでござんすが、この弾は椎《しい》の実の形でござんすね。あなた様のお国の弾ではございませんかえ？」

通詞が通訳する。トマスは頷いた。

「これは島津に渡した新式鉄砲の弾だ。日本にこの形の弾はあるまい」

菊野はニッコリと微笑んだ。

「これで上様へのお疑いは晴れましたかね」

トマスは副官に命じた。

「我らが島津に渡した新式鉄砲で大君の兵は苦戦を余儀なくされるであろう。水兵は援軍に向かえ！」

水兵たちが直立して敬礼する。

「アイ・サー！」

ドヤドヤと階段を降りていく。沢田は大慌てだ。

「か、勝手なことをされては、わしが困るのだが！」

＊

アレイサは蔵の中に閉じ込められている。猿ぐつわをされ、手も縛られて身動きできない。

壁の高いところに窓が開いている。月光が細く射し込んでいた。

いったい自分はどうなってしまうのか。この異国で人知れず殺されるのか。涙が頬を伝った。

と、その時であった。遠くから男の声が聞こえてきた。

「……らねぇのかッ……捜せッ……」

日本語なので何を言っているのかはわからない。だが、その特徴的な声色には聞き覚えがあった。

（サンエモン！）

声をあげて助けを呼びたい。ここに囚《とら》われていることを知らせたい。だが、猿ぐつわが邪魔で声が出ない。

三右衛門の声は遠ざかっていく。アレイサは必死に思案を巡らせた。どうにかして報せる方法はないだろうか。

もがいていると胸元からペンダントが飛び出してきた。アレイサはハッとした。

蔵の中には様々な物品が置かれている。アメリカ人のアレイサの知識では何に使う物なのかもわからない。

酒樽の持ち手を〝角〟という。鬼の角のように飛び出しているからだ。その角にネックレスの鎖を引っかけて思い切り蹴り飛ばした。鎖が千切れてペンダントが床に落ちた。

アレイサは後ろに縛られた手でペンダントを拾う。蓋を開いた。オルゴールの音が鳴り始めた。

三右衛門は子分たちを引き連れて夜道を突き進んでいく。半左と銀八の姿もあった。

「まだみつからねぇのかッ。よく捜せッ」

子分の一人が疲れ切った様子で愚痴をこぼす。

「だけど親分、このあたりにゃあ、お大名屋敷しかございやせんぜ」

「馬鹿野郎ッ、だから足を運んできたんじゃねェか！　町人地は町奉行所の同心が隈《くま》なく当たってる。なのに見つかっちゃいねぇんだ。となりゃあ、武家屋敷のどこかに囚われてるのに違いねぇぜ」

「だけど、お大名屋敷に探りを入れるのは難しいですぜ」

「ヤクザが御法度を怖がってどうするッ。手前ぇたちだってガキの頃は、かっぱらいやこそ泥で食いつないできた悪太郎《あくたろう》ばっかりじゃねぇかッ。大名屋敷の塀なんざ乗り越えてゆけッ」

三右衛門はアレイサを奪われたことに責任を感じている。なんとしても取り返してやる、と力みかえっていた。

子分たちが散っていく。三右衛門は「ふんっ」と鼻息を吹いた。

「よし、行くぞ！　もう一回りだ」

足を踏み出そうとした、その時であった。

「お、親分さん！」

半左が呼び止めた。三右衛門は振り返る。

「どうした？」

「シッ！」

半左は闇に耳を澄ませている。

「……聞こえる」

「なんだって」

「アレイサ様のおるごーれだ！」

三右衛門も聞き耳を立てるが何も聞こえない。寅三も首を傾げている。

半左は走り出した。

「聞こえる！　聞こえる！　ここはいったいどちら様のお屋敷ですかッ」

「島津様の下屋敷だ」

三右衛門は即座に答える。表稼業は口入れ屋だ。大名屋敷に奉公人を仲介するのが仕事である。江戸中の大名屋敷は諳《そらん》じている。

半左は悔しげに顔を歪めた。

「やっぱり島津様の仕業だったのか！　親分さんッ、オイラが忍び込んで助けてくるッ」

「待てッ、得体の知れねぇ異国のならず者たちが揃っていやがるんだ！　寅三ッ、町奉行所のお役人に報せてこいッ」

「へいっ」

さらに振り返り、銀八に向かって叫ぶ。

「手前ぇは甘利様のお屋敷に出入りができるんだったな！　甘利様に報せてこいッ。大名相手の喧嘩となりゃあ、上様の加勢がいるぜ！」

「上様とご老中様を喧嘩に巻き込もうってんでげすか」

「おうよ、国を挙げての大げんかだ！　早く行けッ」

銀八は転げるようにして走り出した。

四

駆けに駆けて銀八は甘利の屋敷の門前についた。門番に行く手を遮られる。

「公儀隠密の銀八郎って者《もん》でげす！」

使いたくない名乗りをあげて通してもらった。

甘利家の家臣の案内で広間に通される。そこには卯之吉が座っていた。

「おや、銀八じゃないか。どうしたえ、こんな夜更けに」

トマスの前で『アレイサを見つけてみせる』と大見得《おおみえ》を切って皆を走らせているのに、そんなことを言う。銀八は心底がっくりきてしまう。

そこへ甘利が入ってきた。床ノ間の前に座る。寝間着ではない。ずっと起きていたのだろう。

「銀八、吉報か」

「へっ、へい！　アレイサ様の居場所がわかったでげす！」

甘利も「うむ」と大きく身を乗り出す。

「して、その場所は」

「島津様の下屋敷でげす。アレイサ様が持ってなすった、おる……なんとかっていう……」

「おるごーれかい」

「へい、その、おれごーらの音が聞こえてきたんでげす！」

「おるごーれだよ」

卯之吉がプッと吹き出しながら訂正したけれども、銀八と甘利にとってはどうでもよい。

甘利は「ううむ」と唸って考え込んだ。

「……島津殿の仕業となれば、これは難しいぞ。七十七万石の国持大名が相手では公儀をもってしても、おいそれとは――」

「なにを臆することがあろうか！　手ぬるいぞ備前守ッ」

凛《りん》とした声が降ってきた。上座の襖が開けられて一人の男がズカズカと入ってきた。

卯之吉が呑気な声をあげる。

「おや、上様じゃござんせんか。お越しになっていたのですかぇ」

ここは甘利の屋敷だ。

銀八は口から心臓が飛び出すほどに驚いている。

「うっ、上様……？」

将軍はチラリと銀八に目を向けた。

「微行《びこう》である。忖度《そんたく》は無用」

微行とはお忍びで出歩くことをいう。将軍だと気づいても挨拶などは無用とされることもあった。

甘利が床ノ間の前の席を譲り、代わりに将軍がドッカと座る。

「備前守、薩摩守をこれに呼べ。余が直々に糾問《きゆうもん》いたす」

甘利が恐る恐る訊ねる。

「上様におかれましては、島津をいかに仕置きなさるお考えでございましょうや。もしや、改易……」

「それは薩摩守の出方次第じゃ。急げ。薩摩守を呼ぶのじゃ」

「ハハッ」

甘利は立ち上がって近臣に命じた。近臣は廊下を走って去った。建物の中で走ることが許されるのは緊急時だけである。将軍の周辺は、ほとんど戦争も同然の態勢に入っている。


三田の島津家上屋敷から当主の薩摩守がやってきた。

薩摩守の年齢はいまだ二十代。太守とはいえ藩政の実権は隠居の道船に握られている。

甘利家の家臣に先導されて薩摩守は広間に入った。床ノ間の斜め横に甘利が控えて座っていた。

「薩摩守殿、それへ」

甘利は広間の真ん中を扇子で示した。そこに座れ、と指図しているのだ。島津家は七十七万石の大大名である。老中とはいえ扇子で指図をされるのは業腹である。立ったまま甘利を睨みつけた。

「夜分に呼び出しおいてその物言いは非礼であろう！　なんぞ挨拶が先にあってしかるべし」

甘利は冷やかに目で応じた。

「上様がお渡りなされる。着座なされよ」

「上様が？」

その時、広間の奥の杉戸の向こうから声が聞こえてきた。

「上様のお成りッ」

足音が近づいてくる。薩摩守は急いで着座して平伏した。杉戸が開けられる。将軍が入ってきて床ノ間の前にズカズカと進んだ。一段高く、高麗縁《こうらいべり》の厚畳が置かれてある。そこに泰然と座った。

「薩摩守、面《おもて》を上げよ」

「ハハッ」

薩摩守は緊張と怯えを隠せない。その表情を将軍が凝視している。

甘利は薩摩守に向かって座り直した。

「これよりはこの甘利備前守が上様に代わって糾問いたす。役儀により言葉づかいを改める」

薩摩守は、これから尋問が始まるのだと理解した。

なぜだろうか。将軍直々に糾弾されるようなしくじりを犯した憶えがない。

甘利が問う。

「まずひとつ。メリケン国の船団が薩摩国に来航したことを、なにゆえ公儀に報せてこなかったのか」

「異国の船団が我が国許に……？」

薩摩守にとっても初耳だった。甘利は冷やかに続ける。

「メリケン船団を率いる大将、トマスが申すには、上様に対し奉り、新式鉄砲の十丁を贈ったとのこと。だが、鉄砲はいまだ公儀に届けられておらぬ。いったいどういうことか。新式の武器はどこへ行ってしまったのか」

薩摩守は答えられない。隠居の道船の陰謀だ、と直感したのだが、迂闊に発言したら島津家七十七万石が吹っ飛ぶ。

甘利は続ける。

「薩摩守、そのほうに見せたい物がある」

甘利家の近臣を呼ぶ。近臣は二つ折りにした懐紙を携えていた。薩摩守の前に膝行して懐紙を広げた。

そこにはひとつの銃弾があった。甘利が続ける。

「今宵、トマスが滞在する座敷に撃ち込まれた弾である。南町奉行所の内与力が見届けておる。トマスが申すには、その弾はメリケンの新式鉄砲の弾で間違いないとのことじゃ。薩摩守、メリケンの新式鉄砲を所持している者は日本国におらぬ。これはいったいどうしたことか」

「甘利殿は、島津家の者がメリケン人を撃ったと、お考えにござるかッ」

「異国より来た曲者どもが島津家の下屋敷に潜んでおることも、すでに調べがついておるぞ」

薩摩守はガタガタと震え始めた。もう座っているだけでも辛そうな有り様だ。

「……それがしは、与《あずか》り知らぬこと……」

「ならば、島津家下屋敷の曲者どもは島津家とは関わりがない、ということで、よいのか」

「い、いかにも。仰せの通り……」

薩摩守は顔から脂汗を滴らせる。畳にポタポタと落ちるほどだ。

壇上の将軍が口を開いた。

「薩摩守よ。島津の隠居、道船の罪状は明々白々。かの老人はメリケン国より大量の武器を二十五万両で購入せんとした。取次役の八巻大蔵による取り調べと、トマスの証言によって明白」

「そっ、そのような大金、島津家にはございませぬッ」

「二十五万両のうちの十万両は三国屋より借用せんとした。島津家用人、高隅外記が差し出した借用証文もこれにあるぞ」

小姓が十万両の証文を持っていって薩摩守の前に広げた。将軍は続ける。

「さらに島津家は、将軍家へ十万両の借財を申し出た」

「それがしの家が、でございまするかッ。十万両もの借財を……」

「幸いにして八巻の働きをもって未然に防ぐことができた。だが、借用の嘆願書は残っておる」

小姓はさらに書状を広げた。薩摩守が手に取って検める。

「これは……ッ、確かに島津家の用人の筆によるもの……！」

書状を持つ手がワナワナと震えた。将軍は続ける。

「残りの五万両は抜け荷の儲けで支払うつもりであったのだろうが、抜け荷も公儀が取り締まっておる。島津家の御用商人、但馬屋は、罪状をことごとく認めおったぞ」

将軍は目をギロリと剝いた。

「島津家の改易は避けられぬところぞッ」

「改易……！」

十分に怯えさせてから将軍はおもむろに続けた。

「じゃが、七十七万石の大名家に仕える家臣たちが残らず浪人となれば、日本国内の混乱は避けられぬ。浪人の中には琉球や朝鮮や清国に渡って海賊になり、諸国民に迷惑をかける者も出てこよう」

将軍は薩摩守をじっと見つめた。

「余は、島津家七十七万石を改易したくない。よってそなたの出方次第じゃ」

「それがしは、いかにすればお許しを賜《たま》えるのでございましょうか……」

「道舶と義絶をいたせ。それが最低限の条件じゃ」

義絶とは父子の縁を切ることだ。島津家から道舶を追放することである。

薩摩守はガックリとうなだれた。絞り出すような声で答えた。

「義絶を……いたしまする」

将軍は「うむ」と頷いた。

「島津家の下屋敷に屯《たむろ》する者どもは、島津家とは関わりのない悪党どもと知れた。よって誅伐《ちゆうばつ》いたす！　甘利ッ」

「ハッ」

「これより公儀は島津家下屋敷を借りて馬揃《うまぞろ》えを行う。余が直々に、島津殿の鉄砲隊の調練ぶりを検める——諸大名と町人たちには、左様に伝えよ」

江戸時代の馬揃えとは軍事演習のことである。

鉄砲の音が聞こえれば、大きな騒ぎになるに違いない。だから前もって『軍事演習をしている』と告げることで騒ぎを収めようという考えだった。

将軍は立ち上がった。甘利と薩摩守が平伏する中、小姓たちを引き連れて出ていった。

将軍は去ったが、薩摩守は顔を伏せたまま立ち上がることもできない。薩摩守の前に甘利がスッと移動した。

「薩摩守殿、息子から父へ勘当を言い渡すのがどれほど辛いことか、お察しいたす。されど其処許《そこもと》は家臣のため、日本国の安寧のため、苦汁のご決断をなされた。上様も嘉《よみ》くださいましょう」

甘利は立ち上がり、広間の外に出る。廊下に控えていた近習に告げる。

「上様のお許しが出た。島津の下屋敷に突入し、悪党どもを討ち取る！」

近習は「ハッ」と答えて走り去った。甘利は夜空を見上げる。長い夜になりそうだった。

五

北と南の町奉行所の同心たちが、御用提灯を先頭に立てて暗い夜道を進んでいく。

斜めにズレた鉢巻きを絞め直しながら粽が言う。

「南北が総出の捕り物なんて、珍しいことがあるものですね」

新米同心の呑気な口調に尾上が呆れた。

「それだけ手ごわい相手だってことだろ。気を引き締めていけよ！」

内与力の沢田彦太郎がやってきた。

「皆の者、聞けッ。大名屋敷には踏み込めぬのが町奉行所の御定法だが、今宵ばかりは別儀であるッ。上様ご直々の御下命であるぞッ。島津様下屋敷に潜り込んだ悪党どもを引ッ捕らえるッ。手に余れば切り捨てもやむなしとのお言葉じゃ！　一同励めッ、北町奉行所の捕り方に後れをとってはならぬぞッ」

同心と捕り方たちは「ハッ！」と答えて意気込みを示した。

そんな様子を荒海一家の三右衛門が不機嫌そうに眺めている。

荒海一家は二刻（約四時間）も前から下屋敷を見張っていたのだ。いい加減に待ちくたびれた。

ゴーン、と時ノ鐘が響いてきた。注意喚起の〝捨て鐘〟の後、時報の鐘が鳴らされる。三右衛門は鐘の数を数えた。

「九つだ」

午前零時である。

「まだ踏み込んじゃならねぇってのかい。侍《さむれ》ェの喧嘩は気が長くていけねぇぜ」

じりじりしながら突入の合図を待っている。

そこへ虚無僧《こむそう》の一団がやってきた。総勢で十人ほどだ。天蓋《てんがい》という被り物で面相を隠している。三右衛門は首を傾げた。

「なんでぇあいつらは」

あまりにも場違いな集団だ。

内与力の沢田彦太郎は虚無僧の一団に駆け寄って一礼した。

「お出役、ご苦労に存じまする」

虚無僧が天蓋を上げて素顔を晒した。アメリカ海軍提督のトマスであった。

沢田は畏《かしこ》まって訴える。

「悪党どもは我ら江戸のポリスマンが捕まえまする。姫君様も必ず救い出しますゆえ、どうぞご安心を」

通詞が翻訳して、トマスが何事か英語で答える。通詞が通訳した。

「娘の身に万が一のことがあったなら、今夜が日本の歴史の中で最悪の一夜となることを覚悟せよ、とのお言葉でござる」

「ハハッ、心いたしまして……！」

沢田は激しく震え上がった。

闇の中で卯之吉がのんびりと腰を下ろしている。

大名屋敷だが、外との境界は塀ではなくて生け垣で、屋敷の中にも畑が広がっていた。

裏手の垣根を乗り越えて入ってきたのだ。大名屋敷はとかく広大だ。それでいて人気《ひとけ》は少ない。本当にここが江戸なのか、という静けさと寂しさだった。草むらの中に身を潜めて、卯之吉、銀八、源之丞、水谷弥五郎がいる。

そこへ菊野がやってきた。

「お弁当を持ってきたよ」

由利之丞を従えている。由利之丞は背負ってきた風呂敷包みを下ろしてほどいた。

菊野が竹皮に包まれたにぎり飯を配っていく。そして周囲を見回しながら言った。

「下屋敷ってのは、まるでお百姓様の畑みたいなんでございますねぇ」

源之丞が答える。

「江戸勤番の侍たちが食べる青物を作ってるのさ。江戸では青物も値が張るからな。そこらの納屋では漬け物でもこさえているのに違いねぇぜ」

大名の子だけに大名屋敷の逼迫《ひっぱく》ぶりをよく知っている。

水谷弥五郎もにぎり飯を頬張っていた。

「それはよいことを聞いた。漬け物を拝借してこようか。ついでに熱い茶も欲しい」

　源之丞はあきれ顔になりつつ、卯之吉に質した。

「それで、いつまでここに身を潜めている気だい」

「もうすぐ沢田様たちの捕り方が真っ正面から乗り込みます。すると曲者たちはそちらに殺到するはずですよ」

「町奉行所の捕り方を囮《おとり》にして、俺たちが姫様を救い出すってぇ策か」

「まぁ、そういうことですねぇ。お姫様の居場所はおるごーれの音でしかわからない。その音が聞き取れるのは半左さんだけですからねぇ」

　すると水谷弥五郎が顔をあげて左右を見た。

「そういえば……半左はどこへ行った？」

　皆で腰を浮かせて首を左右に巡らせて探す。しかし半左の姿が見当たらない。

　源之丞が歯ぎしりした。

「あいつ、一人で突っ込んで行きやがったなッ？」

　水谷も渋い顔だ。

「異国の凶賊たちが大勢で待ち構えているのだぞ。船大工がひとりでどうこうできる相手ではない」

源之丞と水谷は慌てて刀の鞘を握る。こうしてはいられない。二人で草むらから飛び出して駆けていく。

「待っておくれよ弥五さん、オイラも行くよ」

由利之丞が転びそうになりながらついていく。

卯之吉はあきれ顔だ。

「やれやれ。みんな無鉄砲ですねぇ。困ったお人たちだ」

と、その時、「わあっ」と喚声があがった。下屋敷の表門を破って捕り方が突入を開始したのだ。

「それじゃあ、あたしも行きましょうかね。島津様のご隠居は世間に名の知られた蘭癖《らんぺき》大名様だ。下屋敷の御蔵にはどんな唐物がしまわれていることやら。楽しみだねぇ」

物見遊山《ゆさん》に来ました、みたいな足どりで進んでいく。

「若旦那ッ、お姿を隠していねぇと危ねぇでげすよッ」

銀八は慌ててついていく。菊野が微笑みながら見送った。

＊

島津家下屋敷の正門では、村田銕三郎たち同心と島津家の藩士たちが押し問答をしていた。

下屋敷も正門だけは立派である。島津家の藩士と中間《ちゅうげん》たちは白木の六尺棒を横に構えて押し戻そうとしている。

「ここは大名屋敷であるぞッ、町奉行所の詮議を受ける謂《いわ》れはないッ」

町奉行所の同心たちが詮議や捕縛できるのは、百姓町人と浪人だけとされている。しかし村田は怒鳴り返した。

「下屋敷を根城としている異国人の悪党どもを捕まえに来たのだッ。甘利備前守様のお許しを得ているッ、開門せよ！」

「いかにご老中の言いつけといえども、大名屋敷に踏み入るとは無礼であろうッ。ご老中本人だとて遠慮があってしかるべき！　どうしてもと申すのであれば、大目付《おおめつけ》を連れて参れッ」

大目付は大名の犯罪を取り締まる役職で、徳川譜代《ふだい》の大名が就任する。

大目付が来たなら門を開けるが、町奉行所の同心風情に開門することはない、と言い返してきたのだ。

村田は気が短い。激昂する。

「馬鹿野郎ッ、大目付の詮議が始まったなら最後、島津家七十七万石は間違いなく改易にされちまうんだぞッ。異国の曲者の捕縛という名目にして、島津家を改易から救おうっていう、上様のご厚情がわからねぇのかッ」

門番たちの顔色が変わった。

村田銕三郎はさらに駄目を押す。

「手前ぇたちは三田の上屋敷に引き取れッ。おとなしく退散するってのなら、屋敷奉公の武士に縄は掛けねぇ！　片意地を張って島津家七十七万石を潰しちゃならねぇぞ！」

門番と中間たちは互いに顔を見合わせた。

「わかり申した。下屋敷に詰める者どもに言い聞かせますゆえ、一時のご猶予を願いたい」

門番は一礼して引き下がった。

粽は、ホッと安堵《あんど》の息を吐いた。

「どうやら穏便に済みそうですね」

尾上伸平が先輩顔で答える。

「薩摩の武士は頑固者が多いってぇ評判だが、さすがに江戸勤番の侍ともなれば、物分かりが良いな」

門が開けられた。門内でも島津家の下級藩士が鉢巻きをつけ、襷《たすき》で袖を搾《しぼ》って身構えていた。

「やあ、どうもどうも」

粽が軽薄に踏み込もうとしたその瞬間であった。屋敷の中から銃声が轟いた。咄嗟《とっさ》に村田は身を伏せる。頭上をビューンと風切り音が通りすぎる。背後に立っていた捕り方が吹っ飛ばされた。

「ぎゃあっ！」

肩の辺りに血が広がった。村田は即座に命じる。

「鉄砲だ！　散れッ」

粽は頭を抱えて物陰に走る。

続けざまに銃声が聞こえた。凄《すさ》まじい音を立てて弾が飛んでくる。村田は歯噛みした。

「こいつが新式鉄砲かッ」

日本古来の火縄銃とは弾の速さがぜんぜん違う。風切り音が凄まじい。捕り方たちは門前で身動きできなくなってしまった。

捕り方には荒海一家も加わっていた。怯えて動かぬ同心たちを目にして三右衛門が激昂した。

「真っ正面から突っ込むことにこだわってたら埒《らち》があかねぇぞ！　こちとらヤクザだ。ヤクザ者の流儀でやらせてもらうぜ！　やい、野郎ども、生け垣を踏み越えて行けッ」

子分たちが「合点だ」と答えて生け垣を乗り越えて下屋敷の敷地に突入する。

先頭に立つのはいつでも三右衛門だ。自分の子分といえども後れを取るのは我慢できない。とんでもない負けず嫌いだ。

「江戸一番の同心、八巻サマの捕り物だァ！　神妙にしやがれッ」

長脇差をブン抜いた。刃をわざと削り潰して切れなくしてある。生け捕り用の鉄棒なのだ。

「どおりゃあ！」

島津の藩士に躍りかかった。これでもう、陰謀に関わっていない藩士をおとなしく退出させる、という策は通じなくなった。ヤクザ者たちに殴りかかられて黙っているような武士は、島津家にはいない。

「慮外者《りよがいもん》たいッ、許すつけん、チェストゆけッ」

許すつけんとは、許してはならぬ、という意味だ。藩士は一斉に抜刀した。

「キェエエエッ、チェストーーーーッ！」

奇声を発して斬りつけてくる。大上段から力いっぱいに、重たい刀を斬り下ろした。

最も危険と恐れられた〝示現流《じげんりゆう》の初太刀〟である。真っ向から受ければ自分の刀を折られ、そのまま頭まで断ち割られるとされていた。まさに必殺の剣であった。

ところが。ヤクザは卑怯《ひきよう》な戦い方を恥としない。真っ向勝負をする気など最初からない。刀を避けて逃げ回りながら石礫《いしつぶて》を投げつける。

寅三が叫んだ。

「薩摩の侍は手ごわいぞッ、刺股で攻めろッ」

刺股で突いて相手の自由を奪ったうえで、子分たちが四方八方から六尺棒でぶっ叩いた。

大乱戦だ。その混乱の隙に同心たちは正門の突破に成功した。

村田銕三郎が叫ぶ。

「手向かいする奴ァ侍だろうとかまわねぇ！　お縄に掛けろッ」

尾上と粽が十手を構える。捕り方たちも「おう！」と勇み立った。

第六章　大統領と天下の遊び人

一

銃声と雄叫《おたけ》びが聞こえてくる。続いて誰かが走ってきた。

「表門が破られたッ、皆、加勢に行けッ」

複数の武士たちが騒ぎのするほうへと駆けていく。

半左は暗い闇の中を、身を屈めながら進んだ。島津家の藩士たちがいなくなったのを見定めると物陰から這《は》い出した。

畑に刺さっていた杭を引き抜いてこん棒にする。おっかなびっくり進んでいく。

下級藩士の長屋が建ち並んでいる。人の気配はない。静まり返っている。先ほどまでは確かに聞こえていたオルゴールの音も絶えていた。

（アレイサ様！　おるごーれを鳴らしてくれッ）

心の中で念じながら進んでいくと、誰かの声が聞こえてきた。

下屋敷にも御殿があった。渡り廊下を静々と公家が歩んでいる。口の前を扇子で隠して、厭《いと》わしそうに顔をしかめた。

「乱暴者の東夷《あずまえびす》が忍び寄ってくるやもしれぬでのぅ。よぅく見張るのじゃぞ」

黒装束の曲者にそう言いつけると、見張りとしてその場に残し、一人で御殿に入った。

半左は縁の下に潜《もぐ》り込んだ。闇の中を進む。「見張れ」と命じられた曲者の背後に出た。

この曲者も房総から戦いながら旅をしてきたのだろう。疲れ切った様子で座っている。隙だらけだ。

（くらえ！）

半左はこん棒を曲者の後頭部に叩きつけた。曲者は悲鳴も上げずに失神した。

（何か武器になる物はないか……）

半左は曲者の懐を探る。そして革の巾着袋を見つけた。中を確かめる。

「火薬玉か」

黒色火薬を丸めた塊に導火線がつけられている。半左は自分の懐に押し込んだ。

濡れ縁の下に戻る。明かりのついた部屋に近づいていく。部屋の中から話し声が聞こえてきた。

「どうやら、そのほうの企みもここまでのようでおじゃるな。麿はおおいに落胆しておじゃるぞ。島津家も、そのほうも、まったく頼りにならぬ」

あの公家の声だ。

「申し開きの一言もございませぬ」

別の男の声がした。疲れ切った声音だ。その声には聞き覚えがある。

（高隅様だ……）

公家と高隅の密談は続く。半左は聞き耳を立てた。

「栗ヶ小路様。朝廷に心を寄せる者たちの挙兵は、いかにあいなりましたか？」

「挙兵などあろうはずもないわ。島津が徳川に嚙みついて、世を引っかき回したならば、徳川の体《てい》たらくに呆れ果てた諸大名が続々と挙兵したであろう。その時に諸大名をまとめ得るのは朝廷だけじゃ。じゃが——」

公家は言葉を切ってから、おもむろに続けた。

「徳川が磐石《ばんじゃく》ぶりを見せた今、徳川に背く大名など出てくるはずもない。よって朝廷にできることなど何もない」

高隅は言葉もなく黙り込んでいる。

栗ヶ小路は突然、「ホホホ！」と、不気味な笑い声をあげた。

「じゃがのう。ここで徳川を一挙に倒すことはできなくても、いずれ徳川を倒すであろう策を巡らせることはできるでおじゃる」

「それは、どのような」

「あのメリケンの娘を殺すのじゃ。メリケン人の恨みをそなたたち島津に押しつける」

「なんと」

「メリケン人は仕返しのために何度も兵を送ってこようぞ。お前たち武士は窮し、いつかは力尽きて倒れる。左様、徳川も島津もひとまとめに倒れるのじゃ」

「栗ヶ小路様！　いったいなにを仰せで……！」

「お前たち武士などいらぬのじゃ。日本国には朝廷と民がおればよい。朝廷が民を直々に支配する」

栗ヶ小路はひとしきり高笑いした。
「そなたたち武士がこの世からいなくなりさえすれば良い。メリケン人であれば
そなたたち武士を倒せる。どうじゃ、よき策でおじゃろう？」
「栗ヶ小路様！　それはあまりにも非道！」
「なんじゃ？　お主はぷれじでんとになりたかったのであろう？　今のお主は島
津家と琉球の貿易を差配している。しかしお主は大名にはなれぬ。身分は生まれ
つき決まっておるからのう。じゃが、メリケン国は違う。民として生まれてもぷ
れじでんとになれる」
　縁の下の半左は息を呑んだ。
（高隅様は、手前勝手な出世欲のためにこんな騒動を起こしたっていうのか）
蘭学の亢進《こうしん》のため、日本の技術を向上させるため、鎖国政策の将軍家と戦うの
ではなかったのか。
（こんな男のためにオイラは利用されていたのか……）
　半左は拳を握り締める。悔し涙が滲んだ。
「メリケン娘を殺すでおじゃる。お主がやりたくないと言うのであれば、異国の
者どもにやらせる。娘はどこにいるのでおじゃるか」

半左はギクッとした。泣いている場合ではない。

「……二番蔵に閉じ込めてござる」

「二番蔵じゃな」

公家が立ち上がった。障子を開けて濡れ縁に出てくる。縁の下に隠れた半左の頭上をのし歩いていく。これはまずい。公家よりも先にアレイサを助け出さなければ。

「二番蔵……？　どこだ」

縁の下から這い出して左右に目を向ける。御殿の西に蔵が建ち並んでいた。おそらく二番蔵もそこにあるのだと思われた。

半左は蔵に向かって走る。邸内の常夜灯が白い壁を照らしていた。微《かす》かにオルゴールの音が聞こえてきた。半左は見上げる。蔵の窓が開いていた。

「アレイサ！」

半左は小声で囁きかけた。すると窓の向こうで誰かが息を潜めた気配があった。

「アレイサ、半左だ！　助けにきたよ！」

呻《うめ》き声が聞こえてくる。

「口を塞がれているんだな。すぐ助ける。待っててくれ」

半左は蔵の扉を調べた。頑丈な錠前がかかっている。こじ開けることも難しい。

（そうだ、火薬玉だ）

半左は黒色火薬の塊を鍵穴に押しつけた。

「アレイサ、ドアから離れるんだ。できるだけ蔵の奥に行ってくれ」

そう言うと半左は常夜灯を開けて火のついた灯芯《とうしん》をつまみ取ると、火を導火線に移した。急いで蔵の角に身を隠す。直後、火薬が爆発し、鉄の錠前が飛散した。

「やった！」

半左は蔵の扉を開けた。

アレイサが奥から転がり出てきた。半左は猿ぐつわと縄を解いた。

「ハンザ！　きっと助けに来てくれると信じていた！」

アレイサが半左に抱きつく。半左も感極まった。きつく抱きしめてから、ハッと気づいた。

「いっ……いけませんお嬢様。い、今の爆発は悪党どもの耳にも届いたはず。急いで逃げましょう。提督がすぐ近くまで来ていらっしゃいます！」

アレイサの身体を押し戻す。それからアレイサの手を引いて走り出した。

「こっちです！」

蔵の外に出たところで半左はギョッと足を止めた。

「どこへ行くでおじゃるか」

直垂《ひたたれ》姿で立烏帽子の公家が立ちはだかる。身分が低い者の息が顔にかからないように顔に扇子を当てていた。目だけが冷酷に笑っている。

さらには異国の曲者たちが現われて半左とアレイサを取り囲んだ。

半左はアレイサを背後にかばってこん棒を握りしめた。

「手前ぇら、アレイサを殺して日本とメリケン国に戦をさせようって魂胆だなッ。どうしてそんな酷いことを！」

「ホホホホ！　地下《じげ》の者には知るよしもない話。知ったところで理解も及ぶまいがのう」

栗ヶ小路は長い袖をサッと振った。

「やっておしまい！」

異国の曲者たちが武器を構えて殺気を放った。

「ちくしょうッ」

半左はこん棒で殴りつける。しかし無様なへっぴり腰だ。弁髪《べんぱつ》の清国人が長柄《ながえ》の青龍刀を振るう。刀を使うまでもない。柄の棒で足を払われて半左は無様に転倒した。

尻餅をついた半左の前に刃がビュッと突きつけられた。半左はこん棒で必死に打ち払った。

「殺《シャ》ーッ！」

清国人が青龍刀を振り下ろす。半左は死を覚悟して目をギュッとつぶった。

その刃物がギイーンと音をたてて弾かれた。

「姫様を見つけ出したのかい。たいしたもんだぜ。褒めてやらぁ」

「源之丞様！」

大太刀を肩に担いで源之丞が仁王立ちになっていた。弁髪の清国人を睨みつける。

清国人は一瞬たじろいだが、すぐに気を取り直して青龍刀で斬りつける。ブウンと音を立てて巨大な刃が源之丞を襲う。

「ぬうんっ！」

源之丞は大太刀を振るった。青龍刀の斬撃を真っ向から迎え撃つ。またも金属音が響いて火花が散った。

「うおりゃあッ」

源之丞は素早く相手に密着する。大太刀を横に寝かせて握ると柄頭で敵の鳩尾《みぞおち》を強打した。弁髪の清国人は「ウグッ」と唸って真後ろに倒れた。

源之丞は倒れた敵を睨みつける。

「手前ぇの技は見飽きてんだよ！」

栗ヶ小路は動揺している。広げた扇子で顔を隠して、骨の隙間から覗き見している。

「ええいっ、なにをしておじゃるかッ。討ち取れッ」

異国の悪党たちに御所言葉で活を入れた。言われるまでもなく悪党たちは源之丞を目掛けて殺到する。源之丞も左右と前後に素早く目を向けながら油断なく構える。

「待て待てィ！」

割って入ってきたのは水谷弥五郎だ。曲者達からすれば、いきなり背後から襲われた格好だ。水谷が刀を振るうと肩を強打されて昏倒《こんとう》した。

血は流れない。峰打ちだ。それでも鉄の棒で肩を殴られたのだからたまらない。

さらに一撃、水谷は別の曲者を打ち据える。骨の砕ける音がして、曲者はもんどりを打って倒れた。

水谷は刀を八双《はっそう》に構えて曲者たちを睨みつける。威嚇《いかく》して後ずさりさせておいてから、半左とアレイサに向かって叫んだ。

「この隙に逃げよ！」

「は、はい……ッ」

半左はアレイサの手を握った。二人で走り出す。それを見た栗ヶ小路が喚き散らした。

「逃がしてはならぬぞえッ」

曲者たちが半左とアレイサの前に回り込む。その時、草むらの中から由利之丞が飛び出してきた。

「目潰しをくらえッ」

薄い紙で包んだ塊を曲者めがけて投げつけた。曲者に当たると紙が破れて粉が飛び散る。曲者たちは視界を塞がれて身悶《みもだ》えた。

由利之丞は得意満面だ。

「扇屋さんの竈《かまど》の灰と粉辛子を混ぜて作った目潰しだい！　どうだい、江戸一番の老舗の辛子は効くだろう！」

曲者たちは目を押さえて咳き込んだ。水谷が駆けつけてきて峰打ちで曲者たちを殴り倒す。

なおも押し寄せる曲者たちと対峙《たいじ》しながら半左にチラリと目を向ける。

「この先に菊野がおる！　お前たちを逃がす手筈をしておる。ここは我らに任せて菊野の許に走れッ」

「へ、へいっ！」

半左とアレイサは走り出した。背後で刀と刀の打ち合う音が続いた。

下屋敷の生け垣の外で深川芸者が手を振っていた。

「こっちだよ、はやくおいで！」

半左はアレイサの手を引いて進む。

菊野は頷いてアレイサを見つめた。

「金色の髪を隠さなくちゃいけない。それと白いお召し物も目立ちすぎるよ」

被衣《かずき》と呼ばれる外套《がいとう》を着せ掛ける。寒さや塵避《ちりよ》けに使われる物だ。さらに頭には薄紫色の御高祖頭巾《おこそずきん》を巻きつけた。

「よし、これでいい。さぁ逃げるよ！」

二

栗ヶ小路が松明を手に、血相を変えて走ってくる。

「逃がすでないッ。メリケンの小娘を血祭りにあげるのじゃッ」

両手に剣を持った江南人《こうなんじん》の悪党と、湾曲刀を手にしたシャム人の悪党を引き連れている。

「あの娘、麿のくわだてを知っておじゃるッ。必ず口を封じるのじゃ！」

夜道の先で揺れる提灯が見えた。女の二人連れだ。

「見えたり！　メリケン娘の変装に相違ないでおじゃる！」

あっという間に追いついて三人がかりで取り囲んだ。松明の炎を突きつけた。

御高祖頭巾の女人は顔を背けて被衣の袖でサッと隠した。深川芸者が割って入って立ちはだかる。

「なんだいなんだい、あんたたちは！　このあたしを深川芸者の菊野と知っての乱暴かいッ？」

威勢よく啖呵《たんか》を切る。

「菊野か。一別以来じゃな。栗ヶ小路権中納言でおじゃるぞ！　その娘、我らが探しておる娘に相違なし、面体《めんてい》を見せるでおじゃるッ」

栗ヶ小路は手を伸ばす。その手を菊野が握って捩《ね》じり上げた。

「京ではお偉いお公家様か知らないが、将軍様のお江戸では、武器を振り回すのは御法度だよッ」

ドンと突き飛ばす。栗ヶ小路は痛む腕をさすりながら顔を歪めた。

「ええいッ、かまわぬでおじゃる！　斬って捨てィ！」

異国の悪党二人が御高祖頭巾の女人に斬りかかった。その瞬間、女人は被衣を脱ぎ捨てて悪党の顔に投げつけた。

頭巾も剝ぎ取って素顔を晒す。美鈴であった。抜刀する。

無論、栗ヶ小路には誰なのかわからない。思わずタジタジと動揺する。

「ええい、人違いであったか！　じゃが、麿の顔を見られたからには仕方がない。斬れッ」

「キェーッ」

異国人二人が美鈴に襲いかかる。江南人が両手の剣を素早く振るって斬りつけてきた。美鈴はヒラリヒラリと足を踏み替えながら相手の剣を打ち払う。素早く旋回する独楽《こま》のような目まぐるしさだ。

菊野も懐剣を抜いて逆手に構える。シャム人が雄叫びを上げて斬りかかってきた。その湾曲刀をギンッと打ち払って素早く立ち位置を変える。シャム人は見事にかわされて蹈鞴《たたら》を踏んだ。

目の前につんのめってきたシャム人の後頭部に手刀（チョップ）をくらわせる。シャム人はたまらずに倒れた。菊野はキッと睨みつける。

「乱暴者の相手もできないようじゃ深川芸者は務まりゃしないのさ！」

美鈴の激闘も続く。美鈴はどっしりと腰を低く構えている。見た目は細身の体《たい》軀《く》であったが、巨木のように動かない。自分からは斬りかからず、敵の斬撃を最少の労力でさばき続けた。

そのうち次第に敵の腰が浮きあがってきた。気力と体力が尽きてきたのだ。斬撃にもめっきり力がない。

美鈴はこの時を待っていた。

「えいっ」

鋭く踏み込んで刀を突き出す。切っ先で敵の剣を打ち払った。相手の姿勢が崩れる。すかさず二段の突きを放った。敵の腕の内側をざっくりと切る。闇にも赤く鮮血が迸《ほとばし》った。

「タアッ！」

すかさず刀身を横に寝かせて駄目押しの峰打ちをくらわせる。強《した》かに打った手応えがあった。曲者は悲鳴をあげて倒れた。泡を吹いて気を失う。

二人の悪党が倒された。栗ヶ小路はタジタジと後退した。

美鈴が刀を構えてキッと睨みつける。栗ヶ小路は「ヒイッ」と悲鳴をあげた。

「ま、待つでおじゃる……乱暴は良くないでおじゃるぞッ」

菊野は呆れる。

「あたしたちを襲っておいて、なんて言い草だい」

「待て待てィ」

真っ黒な影が美鈴の前に割って入った。岡之木幻夜が、薩摩藩士の二人を引き連れて駆けつけてきたのだ。

途端に栗ヶ小路中納言の表情が変わる。

「斬って捨てィ！」

高笑いの声まで響かせた。この変わり身の早さには驚くばかりだ。

岡之木が刀を大上段に構えた。

「チェーストッ！」

稲妻のごとき打ち込みを繰り出す。美鈴は真後ろに跳んで避ける。逃げの一手だ。さすがの美鈴も薩摩示現流の打ち込みを受けることは不可能だ。

「キエッ！　キエエエッ！」

猿《ましら》の如《ごと》き奇声をあげて岡之木は続けざまに刀を振るった。凄まじい刃鳴りの音が唸る。美鈴は防戦一方となる。刀を合わせようとしても、重い一撃に打ち払われてしまう。

さらにはもう一人の藩士が背後から斬りつけてきた。挟み撃ちだ。美鈴の額に一筋の汗が流れた。

菊野にも別の藩士が迫る。

「チェストーッ！」

大上段からの斬り落としは菊野の懐剣では受け止められない。菊野は逃れようとして足をもつれさせ、倒れた。

「菊野さんッ」

美鈴が焦る。菊野を助けに駆けつけようとしたその前に岡之木が立ち塞がる。

勝利を確信したのであろう。不気味な面相でニヤリと笑った。

菊野は絶体絶命だ。藩士は刀をゆっくりと振り上げた。

栗ヶ小路は長い袖を振りまわした。

「やっておしまいッ」

藩士がまさに、菊野に斬りつけようとしたその瞬間、

「ぐわっ」

藩士が腕を押さえて仰《の》け反《ぞ》った。その腕に手裏剣が突き刺さっている。

手裏剣は続けざまに飛来した。岡之木は刀を十字に振って打ち払った。

「何奴《なにやつ》ッ」

闇に向かって問い質す。

闇の中から公家が姿を現わした。

菊野は驚く。

「清少将ッ？」

美鈴は菊野に向かって叫ぶ。

「その御方は清少将ではございませんッ」

公家は口許に優美な笑みを浮かべた。

「いかにも。麿は清原権中将でおじゃる」

清中将は栗ヶ小路中納言に貌を向けた。

「中納言様。いささかてんごうが過ぎまするな。右大臣様がお怒りにごじゃりまするぞ」

てんごうとは悪戯《いたずら》という意味だ。

「これ以上の悪事は天下の迷惑。京にお戻りをいただきまする」

栗ヶ小路はたじたじと後退した。それでも悔しげに言い返す。

「権中将風情が弁官《べんかん》気取りでおじゃるかッ」

弁官とは朝廷における裁判官のことである。

「笑止千万ッ、権中将とてかまわぬっ、斬って捨てるでおじゃるぞ！」

「心得たり！」

藩士の一人が刀を振り上げた。中将の真後ろだ。美鈴は思わず叫んだ。

「中将様ッ、危ないッ」

「チェーストッ！」

藩士が刀を振り下ろすのとほとんど同時に中将は振り返った。弟に似た美貌がニヤリと笑った。

中将は大きく腰を落とし、身を仰け反らせて斬撃を避ける。大上段からの斬りつけを空振りさせてから ヒラリと横に跳んだ。

「いよお！」

舞楽のような声をあげる。腰の刀を一閃《いっせん》させて藩士の胴を切り裂いた。

居合斬りではない。居合は近世の武芸だ。権中将の抜刀技はもっとずっと昔からある〝古流《こりゅう》〟であった。

「ぐわああ」

藩士は盛大に血を噴きながら倒れる。権中将は血飛沫《ちしぶき》も華麗に避けた。血を嫌う平安人らしい振る舞いだ。

優美な笑みを美鈴に向ける。

「美鈴とやら申したな」

「は、はい……」

権中将は「ふふふ」と笑った。

「麿の才……弟に何一つとして勝るところがなかった——と申したな。されど、ただひとつだけ、麿には弟に勝る才があったのじゃ」

　権中将は血に塗《まみ》れた太刀を顔の前に翳した。

「剣の才じゃ」

　美鈴はハッとして聞いている。一方、栗ヶ小路は歯ぎしりをして地団駄《じだんだ》を踏んだ。

「なにを内輪で話しておじゃるかっ。岡之木ッ、斬れッ、斬れッ」

　言われるまでもなく岡之木は権中将に斬りかかった。

「キエッ！　キエエエイッ！」

「いよお！」

　猿の叫びと優美な声が交差する。

　岡之木は鋭い突きを繰り出した。刀の切っ先が一直線に伸びる。中将の身体を貫いた。

　と思えば、貫いたのは袖であった。中将自身は素早く飛びのいている。アメリカ人がこれを見たなら『スペインの闘牛のようだ』と思ったかもしれない。

　中将は大きく後退した、穴の開いた袖を見て、つまらなそうな顔をした。

「麿のお気に入りであったのに。装束を駄目にした罪は重いでおじゃるぞ」

言うやいなや大きな袖をブワッと振る。広がった袖は目隠しだ。

見えない角度からの斬撃が岡之木を襲う。

岡之木は辛くも打ち払って避けた。

中将は左右の袖を大きく広げてはためかせる。その様はさながら蝶の羽ばたきだ。幻惑しながら凄まじい剣戟《けんげき》を右に左にと繰り出した。

「ぬっ！　おっ！」

中将の剣が一閃するたび、岡之木の腕や肩に傷ができる。浅手だが岡之木を焦らせるには十分だ。

「おのれぇ！」

渾身の力をこめた斬撃を岡之木が放った。

「チェストォォ〜〜〜〜ッ！」

大上段からの打ち込みが振り下ろされた。中将の身体と行き違う。

「ぐっ、ぬぬぬぬ……」

岡之木は唸った。突然に白目を剝くと、その場にグタリと崩れ落ちた。

「やれやれ。とんだ手間であったわ」

人のひとりを斬り殺しておきながら、中将は満足そうに微笑んでいる。こういうところは弟の少将に似ていた。

中将は笑みを栗ヶ小路に向けた。栗ヶ小路はたじたじと後退する。

「おのれッ、憶えておれ〜ッ」

身を翻すと狩衣の袖を振り乱しながら逃げていく。

「待てッ」

美鈴が追いかけようとするのを菊野が止めた。

「お嬢さんを無事に届けるのが先さ」

草むらの中から半左とアレイサが顔を出した。二人とも事態の推移に驚き入っていた。半左が訊ねる。

「あなたがたは、いったい……」

美鈴はなんと答えたものか、口ごもっている。美鈴自身、自分の立場がなんなのか、わからなくなることがあった。

菊野が代わりに答える。

「こちらは八巻サマの許嫁さまだよ」

「ええっ。上様の御用取次役様の許嫁様？」

幕府でも最上級の権力者の許嫁が、どうして女武芸者なのか。常識では計り知れない。

半左が不躾《ぶしつけ》に凝視すると、美鈴は頬を赤らめて身をよじらせた。刀を握っているときは無敵の武芸者であるのに、卯之吉のことになるとウブな娘になってしまう。

「ここでボヤボヤしている暇はないさ。さぁ行くよ！」

菊野に促される。美鈴は左右に目を向けた。

「中将様は？」

「あの御方には、あの御方の仕事があるんだろうサ」

菊野は皆を促して走り出した。

三

彼方に高張提灯が見える。無数の御用提灯が揺れていた。

菊野は駆け寄る。床几《しょうぎ》に腰掛けていた沢田彦太郎が気づいて立ち上がった。

「おお菊野！　無事だったかッ、案じておったぞ！」

菊野はあきれ顔だ。

「なんですね、大げさな」

背後にチラリと目を向けてから紹介する。

「お探しのお姫さんですよ」

アレイサが御高祖頭巾を取った。金髪の長い髪が夜風に吹かれてたなびいた。

「おお！　確かに異国の娘！　無事でござったかッ」

ホッと安堵の顔つきで駆け寄る。

「拙者、江戸の町の安寧を取り仕切る……ええと、ぽりすまんでござる。お父上の御前にご案内いたす。ご同行を！」

アレイサは半左に顔を向ける。半左が通訳した。沢田は、

「ささ、こちらへ」

と先に立って促す。アレイサは頷いてついていく。

虚無僧の集団が床几に座っていた。周囲は御用提灯を手にした町奉行所の小者たちが取り巻いている。アレイサが近づいていくと一人の虚無僧が飛び跳ねるようにして立ち上がった。天蓋を脱ぎ捨てる。

「アレイサ！」

「お父様！」

父と娘はきつく抱き合う。その様子を菊野が暖かい目で見守っている。横では

沢田彦太郎が、

「これでわしの首もつながった」

と言って、大きく息を吐き出した。菊野が横目で見ていることに気づいて言いなおす。

「日本とメリケン国の戦は回避できたぞ！」

半左もアレイサの喜ぶ様子に涙ぐんでいたが、こうしてはいられない、と気を引き締め直して踵《きびす》を返した。

「オイラは島津様のお屋敷に戻る。あそこには貴重な蘭学の書物や実験道具があるんだ」

失われたが最後、二度と入手できない。それが鎖国の日本だ。

「わたしも行きます。卯之吉様が心配で……」

美鈴も半左と一緒に走り去った。

沢田彦太郎も陣笠の緒を締め直し、指揮十手を振り下ろした。

「アレイサ様を取り戻したからには遠慮はいらぬ！　御殿に踏み込む！　お許しは甘利様より賜《たまわ》っておるッ。存分に捕り物の腕を振るってくれようぞ！　島津屋敷に立て籠もりし曲者どもを、一人残らず引っ捕らえるのだ！」

捕り方たちが「おう！」と叫んで勇躍、前進を開始した。

＊

島津家下屋敷の御殿にドタバタとけたたましい足音が響く。

栗ヶ小路が戻ってきたのだ。公家が息を切らし、足音を立てるなど本来あってはならない。しかし今はなりふりかまっていられない。焦燥《しょうそう》しきっている。顔に塗られた白粉には汗で溶けた筋ができていた。

障子を力任せに開けた。座敷には高隅外記が無言で座っていた。

栗ヶ小路は喚き散らす。

「メリケンの小娘に逃げられたッ！　表門も破られた！　高隅ッ、もはや打つ手はひとつしかないでおじゃるぞッ」

高隅は陰鬱な目を向ける。

「いかがなされるおつもりか」

「この屋敷を焼き払うのじゃ！　証拠の品の抜け荷も、我らの誓いの証文も、残らず灰塵《かいじん》に帰《き》すのでおじゃる」

「……屋敷を焼け、と！」

高隅は思わず片膝を立てた。

栗ヶ小路が嘲笑《ちようしよう》する。

「なんじゃ？　そのほうは屋敷を焼くのが不服でおじゃるか。島津への忠義など、元よりないのではなかったのか？」

「栗ヶ小路様、我らは敗れ申した。これ以上の醜態を晒してはなりませぬ」

「愚かでおじゃるぞッ。たとえ島津家が滅びようとも、我ら朝廷が滅びることはないッ。者どもッ！」

松明を手にした異国の者たちが庭に入ってきた。栗ヶ小路は命じる。

「火をかけよ！」

異国人たちが屋敷の中に躍り込んできて、障子や屏風に火を押しつけた。メラメラと燃え上がっていく。高隅は抵抗もせず、座敷の真ん中で座っている。栗ヶ小路は太った腹を揺すって高笑いした。

「燃えよ！　武士の世は燃えよ！　灰となれ！」

＊

「若旦那ッ、火事でげす！」

銀八が指差した。屋敷の一角から火の手が上がった、と見るやどんどん燃え広がっていく。

「大《て》ぇ変《へん》でげす！　季節は初冬で空気が乾いているうえに風も強い。消し止めに行かねぇと……」

「馬鹿を言え」

銀八の帯を摑んで引き戻したのは源之丞だ。

「敵は鉄砲を撃ってくるってのに、のこのこ火消しになんか行けるもんか」

水谷弥五郎も身を低くしながら様子を窺っている。

「炎で我らの姿が照らしだされておる！　狙い撃ちにされてしまうぞ」

銃弾がかすめて飛んでいく。

荒海一家は木箱や樽や俵を集めて弾除けの陣地を造った。皆、必死の形相だ。

卯之吉は俵に背中を預けてのんびりと爪の手入れをしている。銀八がいつも背負っている荷物入れには爪研ぎの鑢《やすり》も入っている。卯之吉は熱心に爪を磨いていく。

「ゆるゆると行きましょう。そのうち弾も尽きるでしょうから」

「お前さんはのんびりしすぎだぜ」

源之丞が呆れた。

そこへ半左が駆けつけてきた。燃える屋敷に衝撃を受けている。

「ああ……！　お屋敷には、道舶様が買い集めた唐物や、貴重な洋書が……」

卯之吉がピョコンと反応した。

「なんだって！　どんな物が秘蔵してあったんだいッ？」

「べーれる先生が書いた『れるぶっちでるけみえ』」

「はあッ？」

有機物が無機物より精製可能なことを立証した化学者の論文だ。入手困難な洋書が日本にあったと知って卯之吉は仰天している。

半左は淡々と続ける。

「らぼあじえ先生の、とらいと……ええと、なんでしたっけ」

「『とらいとえれめんたるでちみえ』かいッ？」

「ええと、たしかにそんな名前の本でした」

「金剛石《こんごうせき》を燃やして炭の結晶だと立証した大先生のご本じゃないか！」

金剛石とはダイヤモンドのことだ。あの高貴な宝石が炭素の塊であると実験で証明した科学者がラボアジエで、彼の著作は江戸時代のうちに日本語に翻訳されている。

「大変だッ。日本に二冊とない本が燃えてしまうよ！」

卯之吉は、好きな物を見つけると、形振《なりふ》りかまわなくなる性格である。この時もそうだった。銃弾が飛び交っているというのに米俵の陰から立ち上がり、屋敷に向かって歩きだした。

「ああッ、若旦那ッ、いけねえでげす！」

そこへ沢田彦太郎が同心たちを引き連れてやってきた。卯之吉を見て慌てふためく。

「おいッ、八巻！　無茶をするなッ」

銃声がした。沢田彦太郎自身は木の幹に隠れる。

さらに厄介なことに三右衛門まで合流してきた。三右衛門がいつものように誤解する。

「ややっ、八巻の旦那が敵に突っ込んでいきなさるぞ！　野郎ども、命を捨てるのはこの時だぜ！　旦那に続けぇぇッ」

子分たちが雄叫びを上げる。

一家の子分たちは荷車に俵を積んで押し出していった。ガラガラと車軸が鳴る。銃弾は俵で受け止めるのだ。

「押せッ、押せッ」

寅三が叱咤《しった》した。子分たちは力いっぱい車を押す。だが、俵を山積みにした荷車だ。重くてなかなか進まない。

卯之吉は荷車の横をヒョコヒョコと進んでいく。一斉射撃の銃声がして爆煙が噴き上がる。俵が次々と弾けた。卯之吉の動きがピタリと止まる。

「ああッ、若旦那がまた……」

銀八はうろたえる。突っ立ったまま気を失ったに違いない。これでは身を隠すことも伏せることもできない。

敵は嵩《かさ》にかかって撃ってくる。卯之吉の顔のすぐ横を銃弾が飛んでいく。着物の裾が撃ち抜かれた。

虚無僧姿のトマスと水兵たちも駆けつけてきた。トマスは天蓋をかなぐり捨てた。

「ヤマキ！……なんと勇敢な男であることか！」

愕然として卯之吉の後ろ姿を見守った。

銃弾の飛び交う中、自らが標的とされることをも恐れず、陣頭に立って指揮を執っている——と誤解した。

「まるでワシントン砦の戦いの、ワシントン大統領のようではないか！」

イギリス軍の猛攻を受け、劣勢の中で自らを銃火に晒して兵を鼓舞《こぶ》し続けたワシントン。合衆国独立の英雄だ。

卯之吉の姿を見守るトマスの脳裏にワシントンの肖像画が浮かび上がる。合衆国国歌が大音量で鳴り響いた。

「ヤマキは真の英雄だ。ヤマキを殺してはならぬ！　合衆国の誇りに賭けて！」

水兵たちに発令する。

「ただ今の時刻をもって合衆国海軍は参戦する。敵は島津！　銃隊、前へ！」

虚無僧に扮していたアメリカ海軍水兵たちが天蓋と着物を脱ぎ捨てた。横一列に展開し、片膝をついて銃を構える。トマスが手を振り下ろした。

「ファイアー！」

一斉に引き金が引かれて銃声が轟く。島津屋敷の曲者たちがバタバタと倒れた。新式鉄砲を手にしたばかりの薩摩人と、日々激しい訓練を積んだ水兵たちとでは命中精度が大違いだ。二度、三度と撃ち合ううちに島津の射撃はほぼなくなった。

沢田彦太郎もそれを見て、同心たちに怒鳴った。

「今だぞ！　乗り込めッ」

同心と捕り方が突入していく。荒海一家も袖まくりをして突入した。

異国のならず者たちも最後の力を振り絞って応戦する。屋敷の庭で組んずほぐれつの大乱戦が始まった。

その隙に銀八は卯之吉に駆け寄る。

「若旦那ッ、若旦那ッ」

揺さぶられて卯之吉は息を吹き返した。

「おや銀八。どうしたんだえ、そんなに慌てて？　あっ、そうか、蘭書を火事から救い出しに行くところだったねぇ。さぁ急ぐよ！」

自分が失神していたことにも気づいていない。スタスタと燃える屋敷に進んでいく。

「若旦那ぁ！」

さすがについていけない気分だ。しかし放っておくこともできない。銀八は泣く泣く後を追いかけた。

四

障子紙や柱が炎をあげている。卯之吉は御殿の廊下を進んでいく。

「大切なお宝をしまっておくとしたら、この部屋かねぇ？」

書院造りの座敷に入る。床ノ間の違い棚を探った。手文庫が置いてある。手文庫とは手提げ金庫のことだ。

「鍵がかかっているねぇ」

そこへ一人の男が近づいてきた。卯之吉は顔を向ける。男は高隅外記であった。

卯之吉は屈託なく微笑みかけた。

「手文庫の鍵がどこにあるのか御存じないですかね？」

「将軍の御側御用取次役ともあろう者が、火事場泥棒か。世も末だ」

「いいえ。お宅様の物を頂戴しようとは思っちゃいません。日本の宝を救おうとしているだけです。今回の一件が落着したら島津様にお返ししますよ」

高隅外記が鍵を放り投げる。畳にポンと転がった。

「お借りしますよ」

卯之吉は手文庫の鍵を開けた。

「あった！『れるぶっちでるけみえ』と『とらいとえれめんたるでちみえ』だ。良かった。これで焼かれずにすみましたよ」

「そなたを生かして帰すとは申しておらぬぞ」

「おや？ あたしを殺して、こちらの書物ごと灰にしてやろう、みたいに聞こえますねぇ」

卯之吉は立ち上がった。燃える屋敷の中で高隅外記と向かい合う。

高隅は卯之吉をまじまじと見た。

「両替商の三国屋。その跡取りの放蕩息子め」

「ええ。それがあたしの正体です。同心だとか御用取次役だとかいろいろ言われちゃいますけどね、本性はただの遊び人ですよ」

「遊び人か……」

高隅は卯之吉を見つめる。その暗い表情からは、いっさいの感情が読み取れない。

「遊び人なら遊んでおれば良い。なにゆえそなたは身を粉《こ》にして働くのか。島津家の策謀をつかえさせ、アレイサを救い、日本とメリケン国との戦を防いだ。なにゆえそうまでして働く」

卯之吉は首を傾げた。高隅がなにを言っているのか本気で理解できない顔つきだ。

「本当にあたしは遊んでいるだけですよ。面白いからやってるだけです」

本気でそのように自認している。しかし当然、高隅には理解してもらえなかった。自身の有能ぶりを謙遜《けんそん》、あるいは韜晦《とうかい》しているようにしか見えない。

「そなたは才人だ。メリケン国の国柄は存じておろう。かの国では民が〝入れ札〟で国王を決める。低い身分に生まれた者でも入れ札次第でぷれじでんとになれるのだ」

「そういうお話ですねぇ」

「この日本では、どれほどに才覚があろうとも、江戸一番の財力があろうとも、将軍にはなれぬ。八巻ッ、ぷれじでんとになりたいとは思わぬのか！」

「ええ？」

「なにゆえそなたは将軍に仕えるのだッ。なにゆえ将軍の命に唯々諾々《いいだくだく》と従うのか！　当代の将軍は、将軍の家に生まれたというだけの愚物《ぐぶつ》ではないかッ」

「いや、そこまで酷い言われようをなさらずとも……。上様は上様なりに良いとところもございますよ」

卯之吉はちょっと考えてから続けて答えた。

「なにゆえ上様に仕えるのか、とお訊ねになられましても……。強いて言うなら面白いからですかね。上様や甘利様と一緒にいるのは、ほんのりとですけど面白いんですよねぇ」

「一緒にいるのが面白い、だと？」

「ええそうです。あなた様はいかがです？　道船翁と一緒にいるのは楽しくないのですか？」

高隅は首を横に振った。

「楽しいかどうかなど、考えたこともない」

「おや、もったいない！　道船翁は日本でも指折りの蘭癖大名でいらっしゃいますよ。その証拠に、こんな稀覯本《きこうぼん》を買い求めていらっしゃる。ああ……あたしが道船翁のお傍で働けたなら、毎日が楽しくて仕方ないでしょうねぇ」

高隅は黙り込んだ。無言で卯之吉を見つめた。

「なるほど。楽しい、か。わしも琉球の代官に抜擢され、港の差配をしていた頃は楽しかった」

「そうでございましょうとも」

「わしはもっと楽しみたかったのだ。そのためには日本のぷれじでんとになりたかった！」

「高隅様。あたしはね、身近で上様や甘利様を見ていますけどね、あのお人たち、ちっとも楽しそうじゃないですよ」

卯之吉もちょっと考えてから、言った。

「上様や甘利様が楽しそうに政《まつりごと》で遊んでいたら、あたしも上様やご老中様みたいなご身分になって、楽しく遊びがしてみたい、と思ったでしょう。でもあたしは、上様や甘利様みたいになって、つらい仕事を背負い込みたくはないですよ」

卯之吉はニッコリと微笑んだ。

「あたしはやっぱり、天下の遊び人なんです」

高隅は無言だ。何事か、卯之吉の言葉に心を打たれたようでもあり、自己の生き様を省みたようでもある。

高隅は天井を見上げた。火が回ろうとしている。

「そなたの遊びも、どうやらここで終わりのようだ。この屋敷はもうすぐ焼け落ちる。そなたも焼けた柱や梁《はり》の下敷きとなろう」

「うーん、どうやらそのようですねえ。あたしの放蕩も今日でお仕舞いですか」

卯之吉はのんびりと微笑んだ。

その時であった。燃える雨戸を蹴破って源之丞が飛び込んできた。

「おうッ卯之さん、ここにいたのか。捜したぜ！」

卯之吉も驚いている。

「おや。源さんじゃないかえ。火事場のお座敷に駆けつけるなんて、あなたもたいした酔狂者《すいきょうもの》ですね」

「お前ぇさんがいねぇと面白くねぇ。深川の座敷も寂しくなっちまうからな。死なれちゃ困るんだぜ」

高隅はさらなる衝撃を受けている。

「そんな理由で燃える家屋に飛び込んできたのか……」

「お前ぇが島津の黒幕かい。鉄砲といい、火事といい、異国人の武芸者といい、なかなかに凝った趣向だったぜ。久しぶりに大暴れできて楽しかったよ。それじゃあな。行くぜ卯之さん！」

源之丞は卯之吉を脇に抱えて外に飛び出した。直後、御殿が焼け落ちた。柱と梁が屋根の重さに耐えかねて崩れる。凄まじい火炎と火の粉があがった。

「旦那ァ！」

三右衛門が駆けてきた。水谷弥五郎と銀八が水桶を担いできて、卯之吉と源之丞に浴びせかけた。

卯之吉は大層迷惑そうである。

「質《たち》の悪いいたずらはやめておくれな。この寒空だ。風邪をひいてしまうよ」

いつもどおりに調子の外れた物言いだ。源之丞はあきれ顔である。

「まったく、心配して損したぜ！」

「あたしはこちらの書物が心配でしたよ」

卯之吉は懐から二冊の蘭書を取り出した。皆は声を合わせて笑いだした。

＊

一艘の舟が掘割を下っていく。立烏帽子で狩衣姿の栗ヶ小路が乗り込んでいた。

島津家下屋敷の火事が彼方に見える。火の粉が天を焦がしていた。栗ヶ小路は扇子《せんす》で鼻を隠して余所を向いた。

「おお臭や。武家の屋敷は煙まで下品な臭いがするでおじゃる」

舟を漕ぐのは栗ヶ小路の青侍だ。栗ヶ小路は命じる。

「もそっと速《はよ》ぅ漕いでたも。下品な江戸から遠く離れてしまいたいのじゃ」

舟は静かに川面を下っていく。闇に紛れて見えなくなった。

五

「ああ忙しい、忙しい」

三国屋の徳右衛門が縁側を渡ってやってきた。手には大福帳を広げている。歩きながら筆を走らせた。一時たりとも仕事の手を休めることをしない。米や金融の相場は生き馬の目を抜くとされるほどの忙しさだ。

奥座敷に入る。手代の喜七が神妙な顔つきで何かを覗き込んでいた。

ギヤマンの管に水銀が入っている。真上に延びた細い管の中を水銀が上っていく仕掛けのようだ。

「喜七、なんだえ、それは」

「へい。若旦那様からお預かりした物で、気圧計っていうらしいです。若旦那様が仰るには、毎日毎日、気温と気圧を計っておくと、後々の天候がわかるんだそうで」

「明日や明後日の天気がわかるってのかい。そんな都合のよい話があるものか、いかがわしい占いだよ。うちは堅実な商いを家訓としているんだよ。ガラクタは捨ててきなさい」

喜七は困り顔だ。

「こんな品々が、長持《ながもち》の三つに、いっぱい入っているんですが……」

座敷の隅に長持が三個も置かれている。

長持とは着物などを納めておくための箱で、長さは八尺五寸（約二五八センチメートル）、幅と高さは二尺五寸（約七十六センチメートル）もある。かなりの大きさだ。この箱の中身が全部、珍妙な機械なのだと喜七は言う。

「若旦那様が島津様の下屋敷から運び出したんだそうでして。島津様が〝そんな物は知らない〟って仰ったんで、若旦那様の持ち物になりました」

徳右衛門は驚いて長持に歩み寄り、蓋を開けた。ほんとうに大量の機械がつまっている。始末に困るとはまさにこの事だ。

そこへ菊野がお茶を盆にのせて入ってきた。

「捨ててしまうなんてもったいないですよ。数寄者《すきしゃ》の旦那衆が高い値で買ってくださいますからね」

徳右衛門は驚いた顔をする。

「こんなわけのわからない品をかい?」

「深川の料理茶屋では唐物の競り市が秘かに開かれるんですよ。なんならあたしが競りの差配をしましょうか? 一晩で二百両は稼いでごらんにいれますよ」

「二百両! やれやれ、世も末だ」

徳右衛門は長持の中から遠眼鏡《とおめがね》を取り出して伸ばした。片方の目に当ててみる。

「こんな物でも商売になると考えているのかね」

遠眼鏡を菊野に向ける。菊野の顔が大きく見える。

「ええ。あたしと卯之さんは、大儲けを企んでいますよ」

「いよいよあたしも隠居かねぇ。若い者たちが何を考えているのかさっぱりわからないよ」

徳右衛門は遠眼鏡を庭に向け、江戸城の櫓《やぐら》を覗いた。

「これからどんどん、こういう品が異国から流れ込んできて、あたしたちが大事にしている小判が異国に流れ出ていくのだろうねぇ」

菊野は面白そうに微笑んでいる。

「卯之さんが言うには、こういう機械をぜんぶ日本で作れるようにする。いずれは異国に売りに出して、日本から流れた小判を取り戻す、ってんですけどね」

「そんな未来がやってくるのかねぇ」

残念ながら遠眼鏡は、未来を見通すことはできない。未来の日本の発展ぶりを目にすることはできなかった。

＊

中奥御殿の広間に将軍が入ってきた。正面の壇上に座る。

今日は顔色も良く上機嫌だ。下座に平伏する甘利備前守に笑顔で声を掛けた。

「トマスが信書を寄越して参った。『娘を救いだしてくれたことに礼を申す』とな。八巻の奮戦も褒めておった。曰く『メリケン国のみならず、エゲレスやフランスにも滅多におらぬ将器』とのことじゃ。『かような大人物を従えし江戸の大君、いよいよ繁栄は疑いなし』とまで申しおったぞ！」

甘利は微妙な顔つきになる。卯之吉の本性はよく知っている。そして卯之吉という人物がとんでもない誤解を招きやすい、ということも知っていた。

甘利は唇を噛む。

「……またぞろ非常識な振る舞いをして、それがゆえに大人物である、とかなんとか、誤解されたのに相違ないぞ」

「ん？　なんぞ申したか」

「いえいえ。遠くメリケン国にまで将軍家の磐石ぶりが伝わったこと、慶賀の至りかと存じまする」

「ハハハ！　余も鼻が高いぞ。そのほうが八巻を推挙してくれたお陰じゃ」

「はっ……？」

いつ、自分が卯之吉を将軍に推挙したというのか。まったく記憶にない。あんな底抜けの太平楽を推薦するはずがないのである。

（幸千代君の影武者の時か？）

迂闊に影武者を勧めて、卯之吉を幕府に引きこんでしまった。将軍の目の前でなかったら、頭を掻きむしって（ああ、なんてことをしてしまったのだぁ）と悶《もだ》え苦しむ場面だ。

「どうした甘利。喜ばぬのか」

「……こ、こう見えて喜んでおりまする。拙者、感情が面《おもて》に出ない質《たち》でございますゆえ……」

将軍は目を広間の隅々にまで投げた。

「肝心の八巻はどうしておる？」

「はっ……先ほどお城坊主に命じまして、呼びに行かせましたが」

するとお城坊主がただならぬ様子で戻ってきた。廊下で平伏した。

甘利が叱りつける。

「八巻はどうしたッ。上様をお待たせするなど、あってはならぬ事ぞ！」

お城坊主も冷や汗まじりで言上した。

「御用取次役の八巻様は、蘭書訳局にお渡りにございまする。上様がお呼びでございます、と申し伝えましたが、腰を上げようとなさいませぬ」

「なんじゃとッ？」

甘利は血相を変える。

「不埒《ふらち》なッ、きつく叱りつけてくれるッ」

「まあ待て。八巻はそういう男じゃ。それでこその大器よ」

「上様、これでは下々への示しがつきませぬ！　お城坊主の言うことを聞かぬとあれば、拙者が直々に乗り込んで連れてまいりまする！」

甘利は憤然として広間を出た。廊下に出るやいなや、一転して情けない表情となる。

「頼むよ八巻〜。もうこれ以上わしを悩ませんでくれ」

痛む胃のあたりをさすりながら蘭書訳局へ向かった。

蘭書訳局では蘭学者たちがひとつの机を囲んで額を寄せ合っていた。

「これが『とらいとえれめんたるでちみえ』。そしてこちらが、べーれる先生の『れるぶっちでるけみえ』でございますか！」

欧米でも入手困難な最新の学説が書かれた書物だ。

卯之吉は訊ねる。

「皆様で和解《わげ》ができますでしょうかね」

和解とは翻訳のこと。蘭書訳局の責任者である土屋総右衛門は胸を張って頷いた。

「我らの総力をあげまして、かならずや成し遂げてごらんにいれまする。大事な書物を和解して日本国に広めることこそが、我らの使命と心得まする」

「うん。金の心配ならいらないよ。必要な金はあたしが融通しよう」

「心強いお言葉を頂戴いたしました！」

早くも蘭学者たちが、ああでもない、こうでもない、と意見を戦わせて翻訳を始めている。皆、興奮状態だ。

卯之吉は、はんなりと思案している。

「印刷機も異国の物を買い求めないといけないねぇ。水を浴びせられた時はどうなることかと思ったけど、まったく文字が滲んでいない。印字の墨に工夫があるんだろうねぇ。聞けば油を混ぜているようだよ。すると日本のチャンと同じことなのかねぇ」

卯之吉の思案は放っておくとどこまでも広がって終わることを知らない。

そこへ甘利が駆けつけてきた。

卯之吉は自分が将軍を待たせているという自覚がない。

「おや甘利様。本日もよいお天気でございますねぇ」

「天気の話などしている場合ではないッ。ここで何をしておるのかッ」

老中が突然入ってきたので蘭学者たちも仰天する。一斉にその場で平伏しようとしたのだが、額を寄せ合っていたせいで互いのおでこをぶつけてしまう有り様だ。

「上様をお待たせしておるのだッ。さぁ来いッ」

腕を引かれて立ち上がらせて、両脇を甘利とお城坊主に抱えられて無理やり中奥御殿へ連行されていく。当然に城内が大騒ぎとなった。

最初は武芸指南役の柳生兵庫介《やぎゅうひょうごのすけ》が裃《かみしも》をはねのけて駆けてきて、

「乱心者にございましょうや？」

と甘利に訊ねた。自分が取り押さえようか、というのである。

次には御殿医が薬箱を抱えてやってきた。

「急な病にございましょうか」

と心配する。

「自分の足で歩けますって。大丈夫です」

卯之吉はへらへらと笑いながら引っ張られていく。

「あたしはもう、上様の面倒事に巻き込まれるのは御免こうむりたいんですけどねぇ。蘭書の翻訳に専念させていただけませんかねぇ」

そんなことを言っても耳を貸す甘利ではない。

＊

伊豆沖の海上にアメリカの船団が停泊している。今日も空は青く晴れ渡り、富士の山容が良く見えた。

徳川幕府の軍船が進んでくる。アメリカ船団の近くに止まると艀《はしけ》を海上に下ろした。

トマスの旗艦からも縄ばしごが下ろされる。卯之吉は梯子を摑むと最上甲板まで上った。銀八もおっかなびっくり上っていく。最後に半左もついてきた。

甲板には士官と水兵が並んでいる。卯之吉が乗船するとそれを見届けた下士官が号令した。水兵たちが一斉に銃を構えた。

「ファイアー！」

銃声が轟く。卯之吉は感嘆して見ている。

「これが礼砲ですかえ。ずいぶんと派手なものですねぇ」

高級将官の乗船時には空砲を打ち鳴らす。海軍軍艦の最上礼だ。そういう儀礼をやりますから驚かないでください、と半左から聞かされていた。卯之吉はうっとりと見とれていた。

トマス提督が笑みを含んで歩み寄ってくる。

「ヤマキ。ここでお別れとは悲しいことだ」

半左が通訳してくれている。卯之吉はトマスに向かって頷いた。

「あたしも残念ですよ。もう一回、深川のお座敷で遊びたかったですねぇ。だけどあなた方を上陸させることはできないと言われてしまいましてねぇ」

卯之吉は富士山を眺めた。

「あたしたちの日本は、まだまだ幼い国なのですね。異国人を見たら、みんなビックリして引きつけを起こしてしまうと言うんです。まるで赤ん坊ですね」

「日本はすぐに成長するだろう。あなたを見ればそれがわかる。日本人は学び取ることに貪欲《どんよく》だ」

トマスは軍人の顔つきに戻った。

「大統領とわたしは、日本人が与《くみ》しやすいと見たならば、日本を攻め取るつもりであった」

「それはまた物騒なお話ですねぇ」

「日本人が愚かな民族であるならば、いずれイギリスかフランスかロシアに攻め取られてしまうであろう。そうなってからでは遅い。他国の手に渡すぐらいならアメリカの手中に収めようと考えたのだ。だが……」

「だが、なんです？」

「あなたがた日本人は、容易に他国に屈する民族ではない。もちろん、アメリカが攻め取ることも難しい。ヤマキ。あなたを見てそう実感したのだ。あなたは何者にも屈することはない。己のみを信じて生きていく。そういう男だ。日本人とはそういう民族なのだ」

「あたしはただ好き勝手に遊んでいるだけですよ。……確かに、他人様《ひとさま》からあれこれと指図されるのは嫌いなのかもしれませんねぇ」

「ヤマキ」

トマスは声をひそめた。

「日本の大統領になる気はないか。もしもその気があるのなら、わたしがいくらでも手を貸そう。アメリカから軍隊を連れてくるぞ」

卯之吉は「ははは」と笑った。

「あたしをぷれじでんとに、ですか。先日も似たようなことを言われましたよ」

「そうであったか。見る者が見ればわかる。あなたのような人間こそが、一国を率いるべきなのだ」

「あたしは人を使うのが苦手ですけどねぇ」

「そうは見えぬ。皆が喜んであなたのために働いている。江戸の大君も、老中も、あなたを使っているようでいて、あなたに使われているようにも見える」

「それじゃあとんだ大悪党ですよ。芝居に出てくる悪家老みたいじゃないですか」

卯之吉はアメリカ船の白い帆を見上げた。

「あたしは戦も嫌いだし、政も嫌いなんですよ」

「ワシントンと同じことを言う」

「どなた？」

「合衆国の初代大統領だ。戦も政治も合衆国でいちばん上手だった。なのに本人は『大統領になんかなりたくない』の一点張りでね。周りの人間が手回しして、大統領の座を無理やり押しつけたのだよ」

「それはお可哀相《かわいそう》に」

「あなたはワシントンと同じだ。どれだけ嫌がっていても、あなたの周りに人が集まり、あなたの力を必要とする人たちから頼られる。わたしたちはこれを〝神から愛された者のみが持つ人徳〟だと見る。あなたのような人間こそが大統領になるべきなのだ」

「ぷれじでんとには、なりたい人がなったらいいと思いますがねぇ？　それじゃあ駄目なんですかね」

「駄目なのだよ、ヤマキ。このわたしすら、あなたのために砲火の下で戦いたい、と、思い始めている」

「まさか。物騒なお話です。そんな大戦《おおいくさ》になったら、あたしは真っ先に逃げ出しますので、逃げるのを手伝いに来てください」

するとトマスではなく半左が言った。

「八巻様はお仲間を見捨てて逃げるようなお人ではございません。きっと、戦の先頭に立っていらっしゃいますよ」

話を聞いていた銀八は、

(真っ先に気を失って逃げ後れているだけでげす)

と心の中で呟いたのだが、半左もトマスもそんなことだとは思っていない。

トマスは半左を見た。

「ヤマキ。娘のアレイサを助けてもらったお礼に、あなたの依頼に答えよう。ハンザをアメリカに連れていく。わたしの養子としてアメリカの学校に入学させよう」

半左は飛び跳ねるほどに驚いた。

「本当ですか提督！」

「礼ならヤマキに言いなさい」

卯之吉は英語で交わされた二人の会話が理解できない。

「通詞をしていただけませんかねぇ」

半左は卯之吉に向き直って何度も何度も頭を下げた。感極まって言葉もろくに出てこない。卯之吉は笑顔で首を傾げるばかりだ。

「ハンザ！」

アレイサが船室から出てきて半左に抱きついた。話を聞いていたらしい。

銀八は「おやおや」と苦笑した。

「半左さん、養子ではなくて婿様になるかもしれねぇでげすな」

卯之吉はすまし顔で微笑んでいる。


卯之吉と銀八は幕府の船に戻った。アメリカの艦隊は帆をいっぱいに広げ、東に向かって進んでいく。

大統領の密書はトマスの手に渡った。艦隊はこれからメキシコとの紛争に参戦するのだ。

「寂しくなるねぇ。また日本に来てくださるかねぇ」

銀八は困り顔だ。

「あっしはのんびり暮らしたいでげす。異国が相手のいさかいに巻き込まれるのは御免でげすよ」

「さぁ帰ろうか。今夜は深川の扇屋で唐物の競りがあるんだ」

「まぁた無駄遣いでげすか。大旦那様に叱られるでげす」

「何を言ってるんだい。儲け話さ。あたしが運び出した唐物を島津様が手放しなさったからね、蘭学好きの皆様に売りさばいてひと儲けという話さ」

「若旦那が金儲けなんて珍しいこともあるものでげす」

「菊野姐さんの発案さ。さぁ行こう。遅れると姐さんが怒りだす。ああ見えて怒ると怖いんだよ」

「やれやれでげす」

船は回頭《かいとう》して舳先を江戸湾に向けた。富士山から風が吹き下りてくる。船を進めるために水主《かこ》たちが声を揃えて櫂《かい》を漕ぎはじめた。

この作品は双葉文庫のために書き下ろされました。

双葉文庫

は-20-31

大富豪同心《だいふごうどうしん》

大統領《だいとうりよう》の密書《みつしよ》

2024年12月14日　第1刷発行

【著者】

幡大介《ばんだいすけ》

【発行者】

箕浦克史

【発行所】

株式会社双葉社

〒162-8540 東京都新宿区東五軒町3番28号

［電話］03-5261-4818(営業部)　03-5261-4831(編集部)

www.futabasha.co.jp(双葉社の書籍・コミックが買えます)

【印刷所】

中央精版印刷株式会社

【製本所】

中央精版印刷株式会社

【フォーマット・デザイン】

日下潤一

ISBN978-4-575-67224-4 C0193

Printed in Japan